AF272966

YÖN LAPSI

Kuningas Manassen tarina

Minä annan neljänlaisen rangaistuksen kohdata heitä, sanoo Herra. Miekka surmaa heidät, ja koirat raahaavat ruumiit pois. Villieläimet repivät kuolleet, haaskalinnut tekevät niistä lopun.

Kaikki maailman kansat kauhistuvat nähdessään, mitä minä olen heille tehnyt.

Tämä on rangaistus kaikesta siitä, mitä Juudaan kuningas Manasse, Hiskian poika, teki Jerusalemissa.

(Jeremia 15: 3-4).

Sisällysluettelo:

Kirjoittajan alkusanat

Miksi halusin kirjoittaa kauan sitten eläneestä hirmuhallitsija Manassesta? Eihän hän ole tunnettu kuten Julius Caesar, Nero tai Napoleon, tai raamatullinen Daavid. Manassen tarina on jäänyt ristiriitaisuudestaan ja kiehtovuudestaan huolimatta aivan liian vähälle huomiolle, mistä kertoo esimerkiksi suomenkielisten lähteiden vähäisyys huolimatta siitä, että kyseessä on sekä raamatullinen että epäilemättä myös täysin historiallinen henkilö, **hirmuhallitsija, joka mainitaan Jeesuksen sukuluettelossa**.

Kuningas Manasse oli Juudan kuningas mahdollisesti vuosina 697-643/642 eKr. Hän hallitsi Raamatun mukaan viisikymmentäviisi vuotta. Sitä, onko tähän laskettu myös se aika, jonka Manasse vietti assyrialaisten vankina, ei kirjoittajalla ole varmaa tietoa ja muissakin vuosiluvuissa saattaa olla lievää epätarkkuutta. Manasse oli hurskaan ja hyvämaineisen kuningas Hiskian ainoa poika, joka nousi isänsä kuoltua valtaistuimelle kaksitoistavuotiaana. Manassen jälkeen kuninkaaksi tuli Aamon, joka oli samalla tavalla jumalaton ja raaka kuin isänsä nuorempana. Manassen äiti oli Hefsibah, joka oli mahdollisesti arabialainen, mutta tästä ei ole täyttä varmuutta.

Tässä kirjassa esitetty tapahtumien kuvaus juuri Manassen äidin vaikutuksesta siihen, että uskovaisen Hiskian pojasta tuli kaikkein pahin epäjumalanpalvelija, murhaaja ja irstailija, on lopulta vain spekulaatioita, ei historiallista faktaa. Pidän kuitenkin täysin mahdollisena, että muuhun Juudan ja Israelin historiaan verraten juuri kuninkaiden vaimot, jotka oli toisinaan otettu vieraiden, epäjumalanpalvontaa harjoittavien kansojen joukosta, olivat yksi syy siihen että kuninkaat ja kansa toistuvasti palasivat baalien (huomaa monikko) palvontaan Hiskian, Joosian ja muiden harvojen kelvollisten kuninkaiden reformaatioista huolimatta. Raamattu kertoo jopa itsensä kuningas Salomon langenneen epäjumalien palvontaan tai ainakin suosintaan juuri vaimojensa tähden (1. Kuninkaiden kirja luku 11).

Kuningas Manasse hallitsi aikakautena, jolloin Israel ja Juuda olivat jakantuneet kahteen erilliseen valtioon. " Suuret" profeetat Jesaja ja Jeremia olivat myös molemmat Manassen aikalaisia. Manassen aikakautta seurasi Aamonin aika, jonka jälkeen hurskas kuningas, Manassen pojanpoika Joosia, yritti uskonnollista reformaatioita. Juuda joutui kuitenkin Babylonian vallan alle Raamatun mukaan juuri Manassen pahojen tekojen tähden " uskonpuhdistuksesta" huolimatta (2. Kuninkaiden kirja 24).

Muisto kuningas Manassesta on ristiriitainen: toisaalta hänet muistetaan kaikkein pahimpana Juudan kuninkaana, toisaalta kerrotaan hänen katumuksestaan ja parannuksestaan, joka johti myös käytännön toimiin (2. Aikakirja 33). Itseäni kiehtoo Manassen tarinassa juuri tämä ristiriita: äärimmäisen paha, joka kuitenkin palaa Jumalan yhteyteen.

Kuningas Manasselle on hänen kääntymyksestään huolimatta jäänyt äärettömän huono maine, ja mielestäni toinen puoli tarinasta on jäänyt aivan liian vähälle huomiolle. Tarinan alussa kuvattu kuvitteellinen kohtaus, jossa vanha kuningas haluaa kirjoitettavan tarinansa muistiin ja erityisesti sen vaietumman osan, on mielestäni täysin uskottava. Kukaan ihminen ei halua että hänestä jää jälkipolville ainoastaan negatiivinen muisto. Olisi ymmärrettävää, että kuolemaansa odottava ja monenlaista elämää nähnyt Manasse olisi halunnut tuoda julki tapahtumien kaikki puolet. Kaiken lisäksi Raamattu vahvistaa, että Manassesta on tosiaan kirjoitettu muutakin: *Mitä enempää Manassesta sanomista on, ja hänen rukouksestansa Jumalan tykö, ja näkijäin puheesta, jotka Herran Israelin Jumalan nimeen hänen kanssansa puhuneet olivat: katso, ne ovat (kirjoitetut) Israelin kuningasten teoissa. Ja hänen rukouksensa, ja kuinka ne kuultiin, ja kaikki hänen syntinsä ja väärät tekonsa, ja paikat, joihin hän korkeutensa rakensi ja asetti metsistöt ja valetut epäjumalat, ennen kuin hän nöyryytti itsensä: katso, ne ovat kaikki näkiäin teoissa. (2. Aikakirja 33. Biblia 1776).* Toisin sanoen Manassesta on kirjoitettu muutakin, mutta nämä tekstit ovat ilmeisesti kadonneet.

Manassen ajoista on Raamatun lisäksi kirjoitettu myös pseudegrafisissa *Jesajan kuolema* ja *Jesajan taivaaseen astumisessa*, joita olen myös käyttänyt lähteenäni sekä Martin Lutherin arvostamassa apokryfisessa *Manassen rukouksessa*. Tapahtumiin joita kirjassa kuvataan viitataan myös epäsuorasti Heprealaiskirjeen luvussa 11, erityisesti *...heitä sahattiin kahtia..*, mikä saattaa viitata juuri profeetta Jesajan kuolemaan. Täyttä varmuutta siitä, murhasiko kuningas Manasse Jesajan ei ole, mutta perimätieto asiasta on kuitenkin suhteellisen vahva.

Manassen tarina on kuvitteellinen, historiallisiin raameihin sijoittuva kertomus ajatuksella *näin asiat olisivat voineet tapahtua*. Tarkkojen historiallisten faktojen korostamisen sijaan olen pyrkinyt kuvaamaan itse asiaa: Manassen elämää ja myöhempää kääntymystä. Silti olen pyrkinyt olemaan uskollinen Raamatun kuvaukselle ja muille, suoraan sanoen vähälukuisille lähteille. Emme esimerkiksi tiedä, oliko Manassen vankeus assyrialaisten käsissä kirjassa kuvatun kaltaista vai oliko hän eräänlaisessa kultaisessa häkissä, palatsivankeudessa, kuten Ukrainan syrjäytetty presidentti Janukovyts Venäjällä. Toisaalta se, että Raamatun mukaan Manasse vietiin vankeuteen nenärenkaasta vedellen, kertoo olosuhteista ainakin jotain.

Kuten mainittu, Manasse on mainittu Uudessa testamentissa Jeesuksen sukuluettelossa. Manassesta tehtiin narrikuningas omien syntiensä tähden, Jeesuksesta muiden. Manassen tarinaa on joskus pidetty vertauskuvana juutalaisten paluusta pakkosiirtolaisuudesta; saihan Manasse kirjaimellisesti "palaamisen armon" kun hän palasi sekä Jerusalemiin että Jumalansa yhteyteen, mutta itse uskon, että Manasse on ollut historiallinen henkilö, mihin myös sukuluettelo viittaa.

Toisaalta puolustelematta Manassea, hän oli myös itse olosuhteidensa uhri: lähteiden mukaan Manassen ystävät viettelivät Manassen synnin syövereihin ja kenties Hiskian ainoa poika oli myös erityisasemansa vuoksi hemmoteltu. Hän nousi valtaan vasta kaksitoistavuotiaana, eli vasta lapsena, ja sai epäilemättä liian paljon liian varhain. Toisaalta profeetat yrittivät varoittaa Manassea, mutta tämä ei kuunnellut hyviä neuvoja. Olosuhteista huolimatta Manassella olisi siis ollut kaikki mahdollisuudet myös valita toisin. Manasse jos kuka, ei olisi ansainnut armoa tai siunausta omilla teoillaan.

Manassen tarina on kuvaus äärimäisestä synnistä ja äärimmäisestä armosta.

Prologi: Vanha kuningas

Viidenkymmenenpäämies astui saliin, jossa vanha kuningas istui mietteissään. Kuningas ei huomannut häntä, vaan näytti vaipuneen täysin ajatuksiinsa. Henkivartioston upseeri seisoi kiusaantuneena paikoillaan. Vanha mies istui edelleen paikoillaan hievahtamatta, suu osittain avoinna, paljastaen huonot hampaansa. Silmistä ei saanut selvää, olivatko ne auki vai kiinni. Paksut kulmakarvat harottivat niiden yläpuolella minne sattuu. Oli myös mahdotonta sanoa, mitä vanha mies oli tekemässä; nuokkuiko, pitikö taukoa kirjoittamisesta vai oliko ainoastaan vaipunut muistoihinsa tai valtakuntansa asioihin. Vanha mies nimittäin istui ikään kuin kirjoituspöytänsä ääressä, muttei kuitenkaan aivan kohdillaan. Huone oli koruton, eräänlainen kammio. Upseerilla oli harvoin ollut aikaa tutkailla kuninkaansa työhuoneen sisustusta tarkemmin, mutta nyt kiusallinen hetki tarjosi siihen pyytämättä tilaisuuden. Jollain oudolla tavalla kuninkaallinen huone näytti siltä, kuin sen asukas olisi tekemässä lähtöä jonnekin kauas, kenties pysyvästi: kaikki tavarat näyttivät olevan siististi paikoillaan ja järjestyksessä, ikään kuin odottaen seuraavaa tulijaa kohteliaasti. Viidenkymmenenpäämiehen mielestä se oli paremmassa järjestyksessä kuin aiemmin, ja samalla jotenkin aiempaakin koruttomampi. Tai sitten hän vain muisti väärin. *Jos kansa tietäisi, kuinka vaatimattomasti heidän hallitsijansa eli, kukaties he arvostaisivat häntä enemmän...* Hetken odotettuaan, että hänet huomattaisiin, hän avasi suunsa ja sanoi kuuluvalla äänellä, lähes huutaen: *Herrani kuningas!* Vanha mies havahtui. Kuninkaan kasvot olivat huolten ja väsymyksen merkitsemät. Hiukset, jotka näkyivät päähineen alta, olivat harmaat, lähes valkoiset. Katse ei ollut varsinaisesti julma, mutta niissä oli ikään kuin menneisyyden varjo. Tiettyä pelottavuuttakin miehessä oli. Arvovaltaa, johon oli sekoittunut elämänkokemusta ja traagisia tapahtumia. Ryhti ei ollut enää täysin suora ja ruumiinvoimat heikentyneet, vaikka olemuksesta näkyikin edelleen, että nuoruudessaan mies oli ollut fyysisesti vahva. Vanhan kuninkaan alahuuli oli ylähuulta suurempi, mutta kasvoissa ei näkynyt varsinaista irstautta. Paksut tummat kulmakarvat olivat syvällä kuopissaan olevien värittömien silmien yläpuolella. Vanha mies katseli henkivartioston päällikköä ensin hieman säikähtäneenä, mutta sitten ilmeeseen tuli tutkivuutta, jopa hieman kovuutta, joka sekoittui hajamielisyyteen ja kysyvään katseeseen.

12

Mitä nyt? Onko jotain tapahtunut? Upseeri vaikutti entistä vaivaantuneemmalta. *Herrani kuningas, kirjuri on saapunut.* Sitten hän piti pienen tauon ja jatkoi kuin varmistaakseen: *Olette pyytäneet kirjurin saapumaan juuri tänään, ja hän on nyt täällä odottamassa.* Kuningas havahtui, ja hänen ilmeensä kirkastui, mutta vakavoitui jälleen. *Kutsukaa hänet eteeni ja varmistakaa, ettei kukaan pääse häiritsemään meitä.* Viidenkymmenenpäämies vastasi: *Niin tapahtukoon herrani kuningas! Olen itse valinnut sotilaan, joka seisoo oven takana vartioimassa!* Viidenkymmenenpäämies poistui ryhdikkään näköisenä ja palasi hetimiten mukanaan nuorukainen.

Kirjuri astui sisään saliin ja kumarsi. *Eläköön kauan kuningas Manasse, siunatkoon sinua Israelin Jumala!* Vanha kuningas vastasi: *Samoin sinua poikani, Jumala kanssasi! Tule istumaan tänne viereeni.* Nuori kirjuri istui pelokkaan näköisenä hänelle varatulle paikalle. Kuningas vaistosi pelon ja rauhoitteli: *Älä pelkää poikani, tiedän kyllä mitä minusta puhutaan, mutta sinulla ei ole mitään pelättävää.* Manasse tutkaili nuorukaista tarkkaavaisesti. *Valitsin juuri sinut tähän tehtävään, koska kuulin, että olet elävän Jumalan palvelija, kuten isäni oli ja minäkin olen, vaikka juuri kukaan Jerusalemissa ei sitä usko.* Manasse tarkkaili poikaa jälleen tutkivasti. Nuorukaisen katse oli suora, joskin hieman arka. Mustat kiharat hiukset olivat laitettu siististi, ja hän oli muutenkin pukeutunut parhaimpiinsa. *Olet kovin nuori, lienet juuri valmistunut kirjuriksi?* Nuorukainen vastasi: *Herrani kuningas, totta puhuen olen vasta oppilas.* Kuningas hämmentyi. *Hmm.. vai oppilas..* Sitten hän naurahti ivallisesti: *Vaikka ymmärtäähän sen, kun pyysin kirjuria, joka palvelee Israelin Jumalaa... ei nykyään ole helppo löytää sellaista kirjureitten tai koko kansan joukosta... ymmärtäähän sen... enkä minäkään ole siihen aivan syytön. Mutta juuri tähän sinun tehtäväsi liittyykin.* Manasse vaikeni hetkeksi ja jatkoi sitten: *Sinun tulee kirjoittaa se mitä sinulle nyt kerron. Tiedän, että tämä kansa pitää minua edelleen baalien palvojana, hurskaitten vainoajana, naisten ja poikien häpäisijänä, maanpetturina ja kirottuna...se on myös muisto, joka minusta kirjoitetaan, kun kohta siirryn isieni luo lepoon odottamaan sitä päivää, jolloin Israelin Jumala, Hän, joka on luonut kaiken ja jokaisen sielun, kerran kutsuu kaikki elävät ja kuolleet eteensä, ja joka oikeudenmukaisesti tuomitsee; hurskaat iankaikkiseen elämään, jumalattomat ikuisiin liekkeihin...* Kuningas piti tauon liikuttuneena ja kiihtyneenä omista sanoistaan. Pitkän tauon jälkeen- jonka aikana nuorukaisen hämmennys ja pelko kasvoivat entisestään- kuningas jälleen jatkoi: *Minä, Manasse Hiskian poika, sain kuitenkin armon Herran minun Jumalani edessä! Minä haluan, että minusta kirjoitetaan myös se luku, jota tämä jumalaton kansa ei tiedä, tai jota se ei halua tietää...* Jälleen Manasse liikuttui ja hänen oli vaikeaa jatkaa. *Minä haluan, että tämä kertomus luetaan pojalleni Aamokselle, joka on lähes yhtä*

14

jumalaton kuin minä nuorempana...ja tälle pahalle kansalle...joka villiintyneenä jatkaa samaa, mihin minä itse heidät opetin...ehkä he vielä kääntyvät.., mutta jos eivät, ainakin heitä on varoitettu!

Kirjuri istui vaiti, kun etsien sanoja. Liian pitkältä tuntuvan ajan jälkeen hän sai kuitenkin sanottua: *Herrani kuningas, olen kyllä kuullut myös siitä hyvästä mitä olette tehneet, kuinka olette tuhonneet baalit ja epäjumalien papit ja kehottaneet kansaa uskomaan elävään Jumalaan ja palvelemaan Häntä kaikesta sydämestään. Mutta tiedän, että asia on juuri niin kuin Herrani kuningas sanoo: tämä kansa on jumalaton, eikä moni muista sitä hyvää, mitä te ja isänne Hiskia olette tehneet.* Kuningas katsoi ihaillen nuorukaista. *Sinä olet suorapuheinen, pidän siitä. On hienoa kuulla, että on kuitenkin joitakin, jotka tietävät minun olevan Israelin Jumalan palvelija kuten isänikin, hurskas Hiskia oli. Hän, joka tuhosi baalien patsaat, hän, joka kunnosti Jumalan temppelin jumalattoman isoisäni jäljiltä, hän, joka tuhosi Nehustanin... hän, joka oli Jesajan, Jumalan profeetan ystävä...Jesaja, joka yritti varoittaa minua ja hoviani... ja tätä kansaa...*Kuninkaan ääni särkyi: *Ja jonka minä murhasin hirvittävällä tavalla...*Manasse puhkesi itkuun. Itkusta ei meinannut tulla loppua ja nuori kirjurioppilas kamppaili liikutuksen ja kiusaantuneisuuden välimaastossa. Lopulta vanha kuningas kokosi itsensä ja rauhoittui. *Niin, poikani, sinähän*

15

tiedät tämän kaiken. Eikä tämän pitäisi järkyttää sinua...mutta kaikkea sinä tai kansa eivät tiedä. Juuri sen haluan nyt kirjoittaa jälkipolville. Haluan myös, että tämä kansa ja jumalaton poikani, ja hovina ja jälkipolvet saavat kuulla siitä mittaamattomasta Jumalan armosta, jonka minä sain kokea. Minä, joka syyllistyin kaikkein hirveimpiin synteihin ja saastutin itseni ja Jumalan temppelin, joka vainosin hurskaita, palkkasin noitia ja palvoin Beliaria ja baaleja....tein niin sanoinkuvaamattomia syntejä, ettei kukaan Israelin tai Juudan kuninkaista tai edes pakanoista ole sellaisiin syyllistynyt. Minä poltin tulessa oman poikani, kupeitteni hedelmän.... Sitten vanha kuningas piti merkitsevän tauon: *Mutta Israelin Jumala antoi minulle sen kaiken anteeksi palvelijansa kautta!*

Lopulta Manasse alkoi sanelemaan nuorelle kirjurille: *Minä, Manasse, hurskaan kuningas Hiskian poika ja Daavidin poika, haluan kirjoittaa tämän ennen kuolemaani. Minusta jää kirjoihin ja muistoihin maine kaikkein jumalattomimpana kuninkaana, mitä tällä kansalla on koskaan ollut, ja jälkipolvet tulevat kiroamaan nimeäni. Minä haluan kuitenkin tehdä tiettäväksi sen Jumalan suuren armon, mikä osakseni tuli, kun itkin syntejäni ja Israelin Jumala palautti minut vankeudesta Jerusalemiin, ja jossa minä sain kokea Hänen suuren, mittaamattoman, armonsa. Minä, jonka synnit olivat kuin meren hiekka. Minä olin Baabelissa julmien assyrialaisten vankina...*Kirjuri keskeytti hänet: *Herrani kuningas! Älköön* *kuningas vihastuko kun keskeytän, mutta eikö olisi parempi aloittaa kertomus aivan alusta, isänne Hiskian ajoista?* Manasse loi jälleen ihailevan katseen nuorukaiseen. *Totta, poikani, palaamme vielä onnelliseen lapsuuteeni, hurskaan Hiskian aikoihin, mutta haluan aloittaa kertomuksen Baabelista, jossa Jumala aloitti työnsä kohdallani, ja jossa palasin muistoissani lapsuuteeni. Nyt, jos nuorukainen suvaitsee, jatkan kertomustani...*Kirjuri punastui. Manasse katsoi nuorta kirjurioppilasta lempeästi, suorapuheisuutta ihaillen ja jatkoi. *Minut oli viety nenärenkaassa ja teljetty haisevaan tyrmään...*

1. Luku

Toivottomuuden tyrmät

Valtava rotta nakersi Manassen varvasta. Hän heräsi ja potkaisi inhotuksen kauemmaksi. Toisaalta rotta tuntui jo tuttavalliselta eikä hän oikeastaan vihannut sitä. Manasse oli oppinut erottamaan rotat toisistaan, ja keksinyt niille nimetkin. Tämä oli Beliar, eräänlainen päärotta, joukon isoin, jolla oli etuoikeus purra vangitun kuninkaan ukkovarvasta. Joskus hän uskoi sen vain leikkivän, kiusoittelevan, eikä se tosissaan koettanut syödä tyrmään vangittua. Toisaalta Beliar saattoi myös kokeilla, oliko hän jo hengetön. Otus palasi takaisin koloonsa. Kuningas heräsi kuitenkin rotan ansiosta kuulostellen mahdollista liikettä käytävältä. Aamu ei ollut vielä valjennut, eikä liikettä äärimmäisimmilleen viritetyt aistit kyenneet havaitsemaan. Kaikki äänet pelottivat, ja hän tunsi hiljaisuuden vallitessa lievää helpotusta. Tyrmän ummehtunut haju ei häirinnyt enää niin paljon kuin aivan alussa, mutta ulosteiden ja muuhun ihmisistä peräisin olevaan lemuun hän suhtautui edelleen inhoten, kuitenkin yrittäen unohtaa sen.

Jonkin aikaa hereillä maattuaan Manasse alkoi kuulla aamulintujen laulua ja pienen pieni, äärimmäisen vaikeasti havaittava valonkajo oli erottuvinaan tyrmän seinässä katon rajassa. Tyrmässä ei ollut varsinaista ikkunaa, mutta pieni ulos vievä ilmanottoaukko oli, ja sekin noin neljän metrin korkeudessa. Vielä hetken odotettuaan hän kuuli käytävältä meteliä. Sellien ovissa olevat luukut aukeilivat ja sulkeutuivat nopeasti. Toisinaan kuului komentoja: *Ylös! Koira! Saastainen!* Tai toteamuksia: *Kuollut. Viekää pois!* Lopulta Manassen sellin luukku aukesi. Vihaiset silmät tuijottivat parin sekunnin ajan vaivoin seisomaan noussutta entistä Juudan kuningasta. Sitten luukku pamahti jälleen kiinni. Askeleet ja huudot siirtyivät eteenpäin.

Laiha, riekaleisiin rääsyihin puettu mies istui takaisin lattialle. Täynnä oleva yöastia odotti turhaan tyhjentämistä. Tunnit kuluivat. Normaalit vankilan äänet kuuluivat taustalla: huutoa, kiroilua, itkua, käskyjä, valitusta, ehkä rukoiluakin. Askeleita, rapinaa, käytävillä edestakaisin lentävän sinne eksyneen linnun siipien kahinaa.... Lopulta käytävältä alkoi jälleen kuulua vartijoiden ääniä. Hän nousi valmiiksi seisomaan. Luukku avautui ja sulkeutui. Ovi aukesi. Orja nosti haisevan yöastian pois ja toinen laski lattialle vesiruukun ja leipäpalan. Manassen helpotukseksi myös tyhjennetty yöastia palautettiin tällä kertaa. Yöastia oli ollut yksi tapa kiusata häntä: joko sitä ei tyhjennetty päiväkausiin tai sitten ei palautettu pitkiin aikoihin. Ovi sulkeutui jälleen. Seuraavan kerran se avautuisi todennäköisesti vasta aamulla. Joskus tosin humalaiset vartiosotilaat tulivat pilkkaamaan vankiaan iltaisin ja pakottivat Manassen kumartamaan itseään tai sitten herjasivat pilkallisesti ilmeillen muuten vain. Viime aikoina tämä oli tosin vähentynyt. Vankeuden alussa assyrialaiset ylimystön edustajat olivat haetuttaneet hänet eteensä ja Manassea oli vedetty nenärenkaasta pilkkanaurun saattelemana pitkin Baabelin katuja. Sittemmin vankilan vartiopäällikkö, sadanpäämies, oli pakottanut vangitun kuninkaan kumartamaan itseään, sitten kymmenen päämies ja lopulta pahaiset rivimiehetkin. Hän, kunigas Hiskian poika, joka korskeana oli johtanut omia sotilaitaan, hoviaan ja kansaansa, oli nyt alin kaikista. Yöastioita tyhjentävät orjatkin olivat paremmassa asemassa kuin hän. Jopa Beliar sai tulla ja mennä kolostaan vapaasti.

Leivän murusia säästeliäästi syöden Manasse näkikin odotetun: Beliar tuli hakemaan leivänmuruaan ja Sadok kurkisteli kolosta vuoroaan odottaen. Manasse antoikin " veron" Beliarille ja Sadokille. Puolet leivästä hän jätti kuitenkin evääksi ja nukahti levottomaan uneen kylmästä hytisten.

Keskellä yötä Manasse heräsi. Ikään kuin naurua. Oliko joku vankilan asukas seonnut lopullisesti vai oliko nauru lähtöisin vartiosotilaista? Vai kuvitteliko hän, oliko lopullisesti menettämässä järkensä? Jälleen nuori mies nukahti.

Manasse! Manasse! Nyt hän heräsi. Hän oli unessa kuullut isän äänen. Manasse ei ollut nähnyt unia vuosiin. Kun tarkemmin muisteli, viimeksi hän oli nähnyt unia pikkupoikana, aikana, jolloin hän ei vielä ollut kuningas. Beliar näykkäsi jälleen hänen ukkovarvastaan. Oli siis aamuyö.

Aamua odottaessaan Manasse söi leivänpuolikkaastaan puolet. Kaikkea hän ei uskaltanut syödä, koska joskus hänet oli jätetty päiväkausiksi ilman ruokaa. Tai sitten hänelle oli tuotu veristä sian- tai koiranlihaa. *Syö! Syö! Sika ja koira olet, muuta ruokaa et saa!* Vartijat olivat nauraneet ivallisesti, voitonriemua tuntien. Ja hän oli syönyt. *Jumala on minut hyljännyt, mitä väliä mitä syön.* Todellinen syy syömiseen oli kuolemanpelko. Manasse ei uskaltanut kuolla, jokin selittämätön pelko pakotti hänet syömään hengissä pysyäkseen.

Käytävältä kuului joka aamuinen meteli ja kilahdukset. Oven luukku aukesi ja vihaiset silmät tuijottivat jälleen sisälle hämärään tyrmään. Mutta luukku ei sulkeutunutkaan heti. Hetken kuluttua kymmenenpäämies tuijotti luukusta. *Tuokaa tälle koiralle peitto!* Ovi aukesi ja orja heitti kamelinkarvaisen viitan sisälle. Manasse kääriytyi viittaan ja söi viimeisen neljänneksen leipää.

Tunnit kuluivat ja ruokaa jaettiin. Orja vaihtoi yöastian ja leivän lisäksi Manasse sai keittoa. Lähes lämmintä keittoa! Hän haisteli sitä. Lihaa siinä ei ollut kuin pieni pala, mutta se oli lammasta. Beliar ja Sadok ilmestyivät tuttuun tapaansa vaatimaan osuuttaan, mutta lihaa Manasse ei suostunut jakamaan. Sen sijaan leipää hän uskaltautui antamaan hieman tavanomaista isomman määrän. Entinen kuningas mietti. Tänään hän oli saanut viitan ja keittoa, jossa ei ollut sian - eikä koiranlihaa. Hänet haluttiin ilmeisesti pitää hengissä. Mistä syystä? Oliko tarkoitus viedä hänet jälleen ylimystön eteen nöyryytettäväksi? Jotenkin hän vaistosi, ettei siitä olisi tällä kertaa kyse.

Päivät kuluivat ja Manasse huomasi muista tyrmistä kuuluvien äänten vähentyneen. Ovia avautui vähemmän ja äänet olivat muiden kuin hänen maanmiestensä ääniä. Välillä hän kuuli heprealaistakin puhetta mutta harvemmin kuin aiemmin. Samalla ruoka oli aavistuksen verran parantunut: nyt lammaskeittoa tuli joka päivä ja heittivätpä orjat sylillisen olkiakin tyrmän lattialle. Vartijoiden pilkka oli vähentynyt, vaikka vihamielisyys oli edelleen käsin kosketeltavaa. Alussa, kun hänet tuotiin tyrmään, vartijat huusivat hänelle: *Koira, kansasi murhaaja, petturi!* Sanassa " kansasi murhaaja" oli tyytyväistä ivaa, kun taas " petturissa" aitoa vihaa.

Parantunut ruoka ja kamelinkarvainen viitta ei kuitenkaan parantanut merkittävästi Manassen oloa. Hän oli edelleen laiha, lattia oli varsinkin öisin kylmä oljista huolimatta ja yöastia haisi, vaikka se olikin viime päivinä otettu tavaksi vaihtaa päivittäin. Hän nukkui huonosti, pätkittäin, pelokkaana, kaikki aistit valppaana. Enemmän kuin assyrialaisia hän pelkäsi kuitenkin kuolemaa. Kuolemanpelko oli tullut hänelle vasta vangittuna ollessaan. Kuninkaana hallitessa hän oli turruttanut sen yhdessä huonon omatuntonsa kanssa juhliin, metsästysretkiin, naisiin, kaikenlaisiin irstailuihin ja baalien palvontaan innokkaasti osallistuen yhdessä ystäviensä ja hovinsa kanssa. Hän oli silloin tuntenut itsensä kuolemattomaksi, vaikka olikin syvällä sisimmässään pelännyt profeettojen varoituksia. Nyt ei ollut profeettoja kiusaamassa, mutta ei myöskään ystäviä, palvelijoita, vaimoja ja eunukkeja täyttämässä hänen toiveitaan ja oikkujaan. Oli vain rotat, orjat ja vartiosotilaat, ja nekin kaikki häntä paremmassa asemassa. Jopa toisilla vangeilla tuntui olevan asiat paremmin: he saivat jakaa tuskansa toisten kanssa, mutta hän oli tyrmässään aivan yksin. Vangitsemisen alussa Manasse oli laitettu samaan säilytystilaan muiden heprealaisten kanssa, mutta he kävivät hänen kimppuunsa hakaten ja kahleilla kuristaen. He repivät jo ennestään likaantuneet kuninkaalliset vaatteet hänen yltään ja pieksivät syrjäytettyä kuningastaan kunnes nauravat vartiosotilaat tulivat viimein päästämään hänet pinteestä. Manasse oli heitetty yksinäisselliin haavoinensa, ja vasta päivien kuluttua, kun haavat olivat jo pahoin tulehtuneet, vartiopäällikkö käski orjan, nuoren heprealaisen pojan,

23

voitelemaan tulehtuneet haavat. *Siinä on mahtava kuningas Manasse, hoida hänen haavansa ettei se kirottu vielä kuole.* Vähäinen orjapoika ei ollut ymmärtänyt vartiopäällikön ivallista äänensävyä, vaan voidellut Manassen haavat säntillisesti ja lempeän katseen surkeaan kuninkaaseen luoden. Hän olikin toipunut ruumiillisesti, muttei hengeltään. Muutos aiempaan oli niin suuri, ettei hänen järkensä ollut meinannut sitä kestää.

Hän oli ollut assyrialaisten vasalli, istunut juhlissa heidän kanssaan ylimielisenä. Antanut vieraiden kansojen tuoda tapansa Juudaan ja ottanut oppia kaikesta ympäröivästä, matkinut heidän tapojaan, yllyttänyt kansansakin toimimaan samoin. Manasse, varmana siitä, että pystyisi luovimaan assyrialaisten kanssa, oli laiminlyönyt maansa puolustuksen ajatellen, ettei mikään tai kukaan pystyisi häntä ja hänen valtakuntaansa uhkaamaan.

Manasse! Manasse! Taas hän heräsi, nukahtaen pian uudestaan levottomaan, kauhukuvien täyttämään uneen. Lopulta Manasse heräsi uudelleen hiestä märkänä. Hän oli nähnyt unessa jotain niin kauheaa, ettei pystynyt enää nukkumaan. Järkyttyneenä hän makasi hetken paikoillaan. Joi vesiastiasta, ja istui lattialla kamelinkarvaiseen viittaan kääriytyneenä. Hän kokosi itseään hetken ja mietiskeli, palaten muistoissaan johonkin kaukaisuuteen. *Olisinpa edelleen pikkupoika, aikana ennen kuin nousin isäni valtaistuimelle. Silloin kaikki oli hyvin,* Manasse huomasi

24

ajattelevansa.

.

2. Luku

Hiskian poika

Manasse! Isäsi odottaa. Kuninkaallinen kamaripalvelija kutsui nuoren Manassen luokseen. Poika totteli etiopialaista hovimiestä lievästi ärsyyntyneenä. Manasse kulki pihalta sisään palatsiin palvelijoiden avatessa ovia hänen edessään. Hienoihin vaatteisiin ja kalliisiin kaulaketjuihin puettu poikanen lähestyi isäänsä, kuningas Hiskiaa. *Poikani, missä olet ollut? Jumalan palvelija Jesaja on täällä, haluan että tapaat hänet.* Hiskia viittasi palvelijoilleen, ja etiopialainen lähti vartiosotilaan avaamasta ovesta ulos palaten nopeasti takaisin mukanaan mies. Manasse näki nyt ensimmäistä kertaa kuuluisan Jesajan näin läheltä. Tämä kumarsi kevyesti Hiskialle ja sanoi: *Kauan eläköön kuningas Hiskia! Siunatkoon Israelin Jumala sinua, vaimojasi, poikiasi ja valtakuntaasi!* Jesaja loi lempeän katseen tervehtien myös Manasseen. Jesaja oli puettu hienoon pukuun, mutta miehessä oli jotain vaatimattomuutta, mutta samalla suoruutta. Manasse tutki profeettaa katseellaan. *Tämä on Jumalan mies,* hän ajatteli. Jokin kuitenkin häiritsi, sai hänet hieman levottomaksi. Manasse hämmentyi tietämättä itsekkään mistä. Nuori prinssi oli tottunut kuninkaan hovissa vieraileviin vieraiden maiden lähettiläisiin, hallitsijoihin ja sotapäälliköihin. Tässä miehessä, jonka hän näki nyt edessään, oli kuitenkin jotain erilaista, jotain sellaista, joka oli toisaalta tuttua, toisaalta hieman pelottavaa. Hiskia ja Jesaja puhelivat keskenään kuin vanhat ystävät, vapautuneesti, mutta kunnioittavasti. Nuori prinssi kulki salissa edestakaisin turhautuneena. Hän olisi jo halunnut olla jossain muualla. Lopulta hän huomasi, että Jesaja alkoi tehdä lähtöä. *Manasse! Tule hyvästelemään Jumalan mies!* Hiskia kutsui poikaansa. Poika käveli ylväästi kohti profeettaa ja isänsä Hiskian luottoystävää. *Siunatkoon Israelin Jumala sinua, kuninkaan poika!* Jesaja sanoi. Manasse vastasi kohteliaasti tervehdykseen. Jesaja loi tutkivan katseen poikaan. Manassesta tuntui, kun tämä olisi nähnyt hänen sisimpäänsä, sieluunsa asti. Profeetan silmissä välähti säikähdys, sitten suru, mutta sitten Jesaja käänsi katseensa jälleen kuningas Hiskiaan, nyökkäsi, ja käveli etiopialaisen hoviherran saattelemana ulos salista.

No, mitä ajattelet, poikani? Tämä oli se kuuluisa Jesaja, Jumalan mies, joka kolmetoistavuotta sitten rukoili puolestani ja Herra, meidän Jumalamme, armahti minua ja pelastuin kuolemalta. Hän ennusti myöhemmin, että minun jälkeläisestäni tulee Israelin pelastaja, joka vapauttaa meidät vihollisistamme. Hiskian ilme vakavoitui, aivan kuin hänen olisi vaikeaa uskoa viimeistä lausettaan. Manasse vastasi: *Hän on Jumalan mies. En osaa sanoa muuta. Ennustiko hän taas suuria asioita?* Hiskia maisteli nuoren poikansa kysymystä ikään kuin tutkien, oliko äänensävyssä ivaa vai oliko kysymys vilpitön. *Ei, poikani, ei tällä kertaa. Hän halusi vain tulla tervehtimään minua pitkästä aikaa. Lisäksi hän halusi nähdä sinut.* Manasse hämmästyi. *Miksi hän minut halusi tavata? Eikö hän ole profeetta?* Kuningas vastasi: *On kyllä, profeetta, joka on ennustanut suuria tapahtumia tälle ajalle ja kauas tulevaisuuteen. En tiedä miksi hän halusi tavata sinut, sitä hän ei sanonut. Mutta mene nyt poikani, minulla on vielä asioita hoidettavana. Muista kuitenkin Herraa, sinun Jumalaasi kaikessa mitä teet.*

Etiopialainen hoviherra saattoi prinssin pois salista henkivartijoiden avatessa ovia heidän edessään. *Minä haluan ratsastamaan,* Manasse sanoi hoviherralle. *Herrani, onko se aivan välttämätöntä? Isäsi..* itsepäinen poika toisti toiveensa: *Minä haluan ratsastamaan ilman palvelijoita ja henkivartioita, mukanani ainoastaan ystäväni kanaanilainen Tobia.* Hoviherra yritti vielä: *Herrani, isäsi kuningas Hiskia on sanonut, ettei* *kanaanilainen Tobia eivätkä muutkaan ystäväsi ole hyvää seuraa sinulle..*Manasse tuskastui: *Isäni mielestä ehkä eivät, mutta äitini on toista mieltä!* Manasse osasi vetää oikeasta narusta ja kuningatar Hephzibahiin vetoaminen tukki hoviherran suun. *Tapahtukoon niin kuin herrani Manasse tahtoo, mutta olkaa kuitenkin varovainen, sillä isäsi menehtyisi suruun, jos herralleni sattuisi jotakin.* Manasse vastasi leppyneenä: *Olen kyllä, ja onhan ystäväni Tobia mukanani!* Manasse kulki henkivartijan saattamana kuninkaalliselle hevostallille.

Myöhemmin, hämärän jo lähestyessä, Manasse palasi ratsastusretkeltään. Kuningas seisoi odottamassa kasvoillaan samalla surullinen, samalla hämmentynyt, jopa toivoton ilme, johon oli kuitenkin sekoittunut aitoa suuttumusta. *Olit siis ratsastamassa kanaanilaisen Tobian kanssa! Enkö ole sanonut, ettei Tobia ole hyvää seuraa sinulle?* Mutta Manasse vastasi: *Äitini on eri mieltä. Hänen mielestään Tobia on luotettava.* Kuningattareen vetoaminen tukki myös Hiskian suun ja hän kääntyi pois jättäen poikansa yksin.

Illalla Manasse käveli levottomasti makuukammiossaan. Hänestä tuntui, kun häntä vedettäisiin kahteen suuntaan: toinen vetäjistä oli isä, apunaan Jesaja ja muut Jumalan miehet, toinen hänen äitinsä ja ystävänsä. Kumman puolen hän valitsisi? Vielä joitakin aikoja sitten hän oli ollut yhtä mieltä isänsä kanssa ja luullut, että myös hänen äitinsä tahto oli yhteneväinen kuninkaan kanssa, olihan kuningatarkin Israelin Jumalan palvelija. *Vai oliko?* *Oliko hän, Manasse, Jumalan palvelija kuten hänen isänsä kuningas Hiskia?* Hän katseli ulos makuukammion ikkunasta tähtitaivaalle. Hän muisti kertomuksen Aabrahamista, jolle Jumala oli luvannut jälkeläisiä kuin tähtiä taivaalla. Aivan pienenä lapsena hän oli uskonut kaikki nuo kertomukset, mutta nyt hän epäili. *Isäni on ylihurskas, ja mikä se Jesajakin luulee olevansa? Tulee tänne kuin kotiinsa, kuninkaalliseen palatsiin!* Jostain syystä hän oli mennyt Jesajan kohtaamisesta enemmän tolaltaan kuin olisi arvannut. *Mitähän äiti olisi ajatellut Jesajasta? Ei ainakaan pokkuroinut kuten isä.* Manasse nukahti levottomaan uneen painajaisia nähden. Unessa Manasse oli pimeässä, kahlehdittuna, eikä voinut huutaa apua.

Aamulla Manasse heräsi ja palvelijoittensa avustamana pukeutui. Kirjuri Josef odotti. *Herrani, on aika opiskella, että kerran kykenette hallitsemaan kuten isänne, kaikkien kunnioittama Kuningas Hiskia,* kirjuri ja Manassen kotiopettaja muistutti turhautuneen näköistä prinssiä. *Kyllä, Josef, sitä vartenhan tulin luoksesi,* poika vastasi nöyrää esittäen. *Vaikka ratsastamassa tai metsästämässä olisin paljon mieluummin*, hän ajatteli sisimmässään.

Kun päivälle varatut opinnot oli käyty läpi kirjuri Josefin kanssa, Manasse poistui palatsin pihalle. Hän puhutteli vartiosotilasta, kymmenenpäämies Josiaa. *Oletko nähnyt ystävääni kanaanilaista Tobiaa?* Josia vastasi:

Herrani, en ole. Manasse ei nähnyt, että häntä tarkkailtiin ikkunasta. Hetken kuluttua etiopialainen hoviherra juoksi palatsin pihalle. *Herrani Manasse! Isäsi, kuningas Hiskia kutsuu sinua.* Manasse kulki hoviherran kanssa palvelijoitten avatessa ovia heidän edessään. Hiskia seisoi odottamassa. *Poikani, oletko opiskellut ahkerasti kirjuri Josefin opissa?* Manasse vastasi: *Olen.* Hiskia oli hetken aikaa vaiti. *Oletko opiskellut Herran, minun Jumalani lakia?* Manasse vastasi jälleen: *Olen.* Hiskia oli taas vaiti, kuin etsiskellen oikeita sanoja. *Se on hyvä, ja ilahduttaa minua. Vielä enemmän minua ilahduttaa, jos ne sanat jäävät sisimpääsi, eivätkä katoa sieltä sittenkään, kuin minä olen poissa. Sillä enää kauaa ei ole siihen, kun minun on mentävä isieni luokse, lepoon, odottamaan suurta ylösnousemuksen päivää, jolloin Herra, Israelin Jumala, tuomitsee elävät ja kuolleet.* Sitten Hiskia poistui jättäen Manassen ja hoviherran kahden. Hoviherran kasvoilla oli surua, jonka hän vaivoin onnistui peittämään.

Manasse mietti isänsä sanoja. *Mitä isäni oikein tarkoitti? Olenhan minä opiskellut Mooseksen lakia, käynyt temppelissä ja noudattanut kaikkea, mitä isäni ja kansa, enemmänkin. Miksei se riitä hänelle? Pitäisikö minun koko ajan vain ajatella Jumalan lakia, päivät ja yöt, kuten hän itse tekee ja se Jesaja? Miksei se, miten äitini palvelee Jumalaa, riitä? Miksen saisi viettää aikaa Tobian ja muiden ystävieni kanssa? Ja miksi minun pitää joka päivä paitsi sapattina tavata kirjuri Josef, eihän vielä ole aika, että siirryn hallitsijaksi?*

Salaperäinen suitsuke

Tobia! Tobia! Manasse huusi. *Manasse!* Tobia vastasi. *Minua ei enää päästetty palatsin pihalle, kymmenenpäämies Josia sanoi, että se on kuninkaan käsky... Mitä!,* Manasse vastasi. *Isäni siis todella yrittää estää meitä tapaamasta! Äitini ei koskaan kieltäisi!* Manasse poistui ikkunasta hyvästeltyään ystävänsä ja kiirehti kohti äitinsä makuukammiota. Egyptiläinen kamarineito kumarsi Manasselle. *Kauan eläköön kuningas Hiskia, Manassen isä! Jos herrani odottaa hetken, kysyn kuningattarelta, voiko hän ottaa herrani vastaan.* Manasse odotti. Pitkään, ainakin puoli tuntia odotettuaan kamarineito tuli jälleen esille. *Kuningatar suvaitsee ottaa teidät vastaan.* Manasse astui kuningattaren makuuhuoneen eteen ja pysähtyi siihen odottamaan kamarineidon seisoessa koko ajan vieressä. Kuningatar astui esiin. *Poikani, miksi tulit tapaamaan minua? Onko kirjuri Josef taas pahoittanut mielesi? Onko joku palvelijoista loukannut sinua?* Manasse katseli äitiään. Hän oli pukeutunut loistavaan pukuun ja koruihin, mutta meikkiä oli vähemmän kuin tavallisesti julkisissa esiintymisissä. Äiti näytti aivan oudolta. Makuukammiosta tuoksui nenään jotain suitsuketta, jollaista ei haistanut muualla palatsissa. Kuningattaren kasvot olivat ilmeettömät, kovat. Koko tila tuntui jotenkin salaperäiseltä. Manasselle tuli lähes vastustamaton halu kurkistaa sisempään huoneeseen, mutta se olisi tietenkin ollut täysin sopimatonta. Edes kuningas ei koskaan vieraillut siellä. Kuningattaren tiloja verhosi jokin mystinen voima, voima, joka yhtäkkiä alkoi kiinnostamaan Manassea. *Ei, äitini. Isäni on kieltänyt minua tapaamasta ystävääni kanaanilaista Tobiaa. Siksi tulin.* Kuningattaren kasvot olivat edelleen ilmeettömät. Hän oli hetken vaiti, mutta vastasi sitten: *Tottele isääsi. Tobia on ylhäistä sukua ja mielestäni hän voisi viettää aikaa kanssasi, mutta tehkäämme kuten kuningas tahtoo.* Sitten kuningatar Hezhibah oli jälleen hetken vaiti ja jatkoi: *Tulee vielä aika, että voit viettää aikaa Tobian ja muiden ystäviesi kanssa kenenkään estämättä.* Outo ilme välähti kuningattaren kasvoilla ja hän poistui takaisin salaperäiseen kammioonsa. Kamarineito saatteli Manassen pois.

Manasse mietti poistuessaan. *Nyt äitinikin tottelee isäni tahtoa, aiemmin äitiin vetoaminen auttoi, mutta nyt isä on tiukentanut näkemystään ystävistäni.* Manasse aikoi kuitenkin totella. *Mitäköhän salaista äidin kammiossa on? Ainoa, kuka tietää, on se kamarineito. Mutta hän ei varmasti paljasta salaisuutta...* Manasse mietti yölläkin salaperäistä tuoksua, Jesajaa, Tobiaa ja isäänsä. Jälleen hän nukahti levottomaan uneen.

3. Luku

Kuningas on kuollut!

Aika kului, ja eräänä päivänä Manasse kutsuttiin jälleen kuninkaan eteen. Nyt kuningas Hiskiaa oli tullut tapaamaan kokonainen profeetta-delegaatio. Jesaja ja hänen poikansa sekä joukko muita Jumalan miehiä oli kokoontunut suureen saliin. He tervehtivät myös Manassea. Jesaja puhui pitkään, eikä Manasse ymmärtänyt kunnolla kaikkea. Jesaja puhui jälleen Hiskiasta polveutuvasta suuresta kuninkaasta, joka vapauttaa kansansa Israelin vihollisistaan, Jerusalemia kohtaavasta onnettomuudesta, vihollisen hyökkäyksestä sekä viimeisestä tuomiosta. Jesaja loi välillä tutkivan katseen nuoreen prinssiin, ja Manasse tunsi olonsa jotenkin

34

tukalaksi. Puhe kesti. *Isäni, voinko mennä lepäämään, olen väsynyt koska kirjuri Josef...* Hiskia oli huomannut Manassen levottomuuden ja sanoi: *Mene vain, me puhumme vielä pitkään ja aterioimme yhdessä. Mene vain rauhassa poikani.* Manasse poistui helpottuneena.

Kun Manasse oli mennyt, Jesaja oli pitkään hiljaa. Sitten hän katsoi Hiskiaa ja sanoi: *Totisesti, sinun poikasi Manasse ei usko näitä sanoja, vaan alkaa palvelemaan epäjumalia pakanallisten ystäviensä viettelemänä. Hän kumartaa Baalia ja Beliaria, kokoaa tämän palatsin täyteen noitia ja merkkien selittäjiä, vainoaa profeettoja ja eksyttää sinun kansasi palvelemaan epäjumalia pahemmin, kuin tekivät ne kansat, jotka Herra, meidän Jumalamme, karkotti israelilaisten tieltä Kanaanin maalta. Ja minut poikasi Manasse surmaa hirvittävällä tavalla.* Hetken aikaa kaikki olivat vaiti järkyttyneen näköisinä, myös Jesaja, joka oli itsekin tyrmistynyt omista sanoistaan.

Hiskia, yksin jäätyään, repi vaatteensa ja kaatoi tuhkaa päälleen. *Poikani, poikani! Miksi Herra!* Hiskia makasi pitkään lattialla, itkien kyyneleetöntä itkua, voimattoman raivon ja surun vallassa. Etiopialainen kamaripalvelija yritti rauhoitella Hiskiaa täysin turhaan. Hän haetutti paikalle lääkärit, mutta Hiskia ajoi heidät pois. *Poikani, poikani!* Hiskia makasi lopulta liikkumatta. Kamariherra seisoi huoneen nurkassa peloissaan ja ymmällään. *Herrani kuningas, sallitteko minun haetuttaa paikalle kuningattaren?* Hän *voisi...* Hiskia kohotti päänsä: *Ei! Ei häntä! Hänelle ei saa puhua Jesajan sanoista mitään, kuolemantuomio sille, joka hiiskuu sanakaan siitä, mitä Jesaja tänään sanoi!*

Hiskia suree Manassea

Päivät kuluivat, eikä Hiskia näyttäytynyt. Virallisesti kerrottiin hänen olevan huonovointinen, mutta palatsissa supistiin. Villeimmät huhut väittivät Hiskian suunnittelevan poikansa Manassen surmaamista. Huhut levisivät myös kansan keskuuteen Jerusalemissa ja muuallekin. Jesaja, kuultuaan näistä huhuista, lähetti Hiskialle sanan: *Se, minkä sanoin toteutuu, jos niin on tarkoitettu. Se on Jumalan tahto, etkä sinä, kuningas, voi sitä estää.* Hiskia näyttäytyi enää harvakseltaan hovilleen ja poikaansa Manassea hän ei enää kutsunut eteensä.

Manasse oli ymmällään kaikesta kuulemastaan. Hän käsitti, että hänen isänsä oli pahastunut hänelle jostain ja osa palvelijoista, jopa kymmenenpäämies Josia, joka oli lapsesta asti opettanut hänelle ratsastusta ja aseenkäyttöä, tuijotteli häntä epäluuloisena. Ainoastaan kuningattaren palvelijat suhtautuivat häneen suopeasti. Kuningatar kutsuikin poikansa yhä useammin luokseen ja mystinen suitsukkeen tuoksu valtasi Manassen ajatukset. Manasse tutustui äitinsä avustuksella uusiin palvelijoihin ja palvelijattariin, egyptiläisiin, kanaanilaisiin ja muihin kansoihin kuuluviin, jotka olivat kuningattaren henkilökohtaista palveluskuntaa. Etiopialaiset palvelijat puolestaan välttelivät Manassea aina kun vain mahdollista. Ainoastaan kirjuri Josef oli niin kuin mitään ei olisi tapahtunut.

Hiskian kuolema

Eräänä iltana Jerusalemissa levisi jälleen huhu: kuningas oli kuolemaisillaan. Huhu piti paikkaansa, ja Manasse haettiin pitkästä aikaa isänsä eteen. Soihdut paloivat kuninkaan makuukammiossa ja etiopialaiset palvelijat näyttivät ilmeettömiltä, mutta samalla jotenkin tyrmistyneiltä. He katselivat Manassea pelokkaasti. Kuninkaalliset lääkärit seisoivat huoneen nurkassa ja henkivartiokaartin sotilaat vartoivat käytävää. Hiskia oli peitelty nahoilla ja huoneessa paloi suitsuke, joskin aivan erilainen kuin kuningattaren kammiossa. Manasse kohtasi huoneeseen tullessaan äitinsä, joka poistui ilmeettömänä, kivikasvoisena, palvelijattariensa ympäröimänä. Manasse seisoi pitkään sängyn laidalla. Lopulta etiopialainen hoviherra kuiskasi kuninkaan korvaan ja Hiskia havahtui. *Poikani...minä yritin opettaa sinulle Israelin Jumalan lakia, jonka Mooses, Jumalan palvelija toi alas Siinain vuorelta. Minä muistan, kuinka sinä poikasena palvelit Jumalaa temppelissä kuten minäkin. Jumalan mies Jesaja todisti, että minun jälkeläisestäni polveutuu se, joka pelastaa kansamme Israelin vihollisistaan, jotka saartavat tämän kansan ennen aikojen loppua, ja jotka tuhoavat tämän kaupungin ja polttavat Jumalan temppelin... Nyt minä lähden lepoon odottamaan sitä päivää, kun kaikki ihmiset kootaan Hänen eteensä, myös sinut, poikani Manasse, josta nyt tulee kuningas, vaikka oletkin vasta kaksitoistavuotias...* Puhuminen oli Hiskialle vaikeaa ja puhe kesti pitkään. Manasse kuunteli ilmeettömänä, tunteettomana. *Sinä olet tullut kaikessa äitiisi, joka kyllä ulkoisesti palvelee samaa Jumalaa kuin minäkin... Mutta minä tiedän, että sinä hylkäät Herran, minun Jumalani, ja johdatat tämän kansan eksyksiin!* Manasse avasi lopulta suunsa. *Isäni, ei niin!* Mutta Hiskia jatkoi: *Niin tapahtuu kun on säädetty. Kerran sinä kuitenkin palaat isäsi Jumalan yhteyteen ja poistat vieraat jumalat Jerusalemista. Kerran sinä julistat Israelin Jumalan nimeä, mutta Jumala hävittää tämän kaupungin ja kansan sinun tähtesi, poikani!* Manasse kuunteli ihmeissään isäänsä käsittämättä yhtään mitään. Puhe tuntui täysin ristiriitaiselta ja järjettömältä. Lopulta Hiskia vaikeni, ja kamariherra sanoi pelokkaasti: *Kuningas nukkuu...* Manasse ymmärsi vihjeen ja häipyi nopeasti paikalta entistäkin hämmentyneempänä. Pimeys verhosi palatsin puutarhan ja nuori prinssi huomasi pois kävellessään kaukaisia valoja pelkäävässä kaupungissa.

Päivät kuluivat, ja yhä suurempi levottomuus valtasi Jerusalemin asukkaat. Torikauppiaiden mukana juorut ja epämääräiset huhut kulkeutuivat nopeasti maaseudulle. Vartijat kuiskuttelivat porteilla.

Vallitseva tunne oli pelko. *Miten meille käy, jos hurskas kuningas Hiskia kuolee? Kuka nousee valtaan, jumalaton kuningatar Hezhibah vai Manasse, joka on vasta poikanen? Hyökkäävätkö assyrialaiset? Palaako Juuda samaan epäjumalanpalvontaan, jossa se oli Hiskian noustessa valtaan? Kuinka käy niiden, jotka edelleen haluavat palvella Israelin Jumalaa, joka johti meidät tulipatsaassa autiomaan halki tähän maahan?* Mutta suurin osa kansasta mietti lähinnä sitä, tuleeko sota tai nostaako uusi hallitsija veroja tai vaatiiko tämä miehiä työvoimaksi uusiin rakennushankkeisiin. Harvat todelliset Israelin Jumalan palvelijat olivat kuitenkin eniten kauhuissaan. Toisaalta huhuttiin, että jotkut odottivat tyytyväisenä Hiskian kuolemaa. Ne, jotka Hiskia oli karkottanut, ne, joiden epäjumalanpalveluksen ja noituudenharjoittamisen hurskas kuningas oli kieltänyt. Viha ja epäluuloisuus levisi kansassa. Naapuria tervehdittiin vain nopeasti, kaikkien kanssa ei uskaltanut jäädä juttelemaan.

Eräänä päivänä huudettiin: *Hurskas kuningas Hiskia, Aahan poika, on kuollut!* Suuri suru valtasi Jerusalemin ja koko Juudan, ihmiset surivat äänekkäästi kuningastaan, osa aidosti, osa teeskennellen. Myös Manasse ja kuningatar surivat ulkoisesti yhdessä hovin kanssa. Kaikkein aidoimmin surivat etiopialaiset palvelijat, jotka pelkäsivät henkensä puolesta. Osa palvelijoista ja sotilaista onnistui vaivihkaa pakenemaan, mutta suurin osa pysytteli tehtävissään toivoen parasta, mutta peläten pahinta.

Kymmenpäämies Josia käyttäytyi jälleen korostetun kunnioittavasti Manassea kohtaan. Kuningattaren palveluskunta näyttäytyi yhä enemmän ja tuntui saaneen eräänlaisen erityisaseman suhteessa Hiskian palveluskuntaan. Uutta väkeä ilmestyi palatsiin ja vanhaa poistui. Hurjat huhut paisuivat paisumistaan ja kansa odotti. Ainoastaan kirjuri Josef oli kuin ennenkin.

4. Luku

Manasse nousee valtaan

Ja Manasse oli kahdentoista vuoden vanha tullessansa kuninkaaksi.

(2. Aikakirja 33:1. Vuoden 1933 käännös).

Kun suruaika oli päättynyt, järjestettiin virallinen seremonia Manasselle, uudelle kuninkaalle. Manasse oli vasta kaksitoistavuotias poikanen, ja monenlaiset hännystelijät, neuvonantajat- joista monet olivat hänen äitinsä valitsemia- ympäröivät hänet. Viimein myös Manassen ystävät, erityisesti kanaanilainen Tobia, pääsivät nyt vapaasti palatsiin. Tobia, Saadok ja Johannes olivatkin jatkuvasti nuoren kuninkaan luona. Manassen palveluskunta oli vaihtunut heprealaisista ja etiopialaisista kanaanilaisiin ja egyptiläisiin. Kuningataräiti näyttäytyi palatsissa huomattavasti aiempaa useammin ja hoviväki, erityisesti Hiskian entiset palvelijat, suhtautuivat häneen pelolla.

Herrani kuningas! Kuningataräiti pyytää päästä tapaamaan kuningas Manassea! Kanaanilainen kamariherra ilmoitti kuninkaalle. *Hän voi tulla,* totesi Manasse yrittäen epätoivoisesti peitellä lapsellisuuttaan äänensävyssä. Kuningatar ilmestyi saliin kamarineitojensa ympäröimänä puettuna kallisiin vaatteisiin, koruihin, ja silmät ja kasvot maalattuna ikään kuin merkiksi, että on jo aika lopettaa Hiskian sureminen. *Poikani! Vaikka suremme edelleen hurskasta isääsi Hiskiaa, on aika palvella tätä kansaa ja estää levottomuus, joka kuningas Hiskian kuollessa on vallannut Jerusalemin ja koko Juudan.* Kuningatar puhui nämä sanat enemmän ympärillä olevan hovin kuin poikansa tähden. Nuori kuningas odotti ystäviensä ympäröimänä. *Meidän on vaalittava hyviä suhteita Assyriaan ja estettävä sekasorto, mikä näissä oloissa on helposti syntyvä. Assyrian lähettiläät odottavat, että pääsevät tapaamaan uutta hallitsijaa, ja että suhteet palautuisivat ennalleen.* Manasse kuunteli hiljaa äitinsä puhetta neuvonantajiensa ja ystäviensä seistessä ympärillä. *Erityistä huolta valtakunnassasi aiheuttavat nuo kiihkoilijat, jotka estävät ystävyyden Assyrian kanssa ja jotka julistavat valtakunnan tuhoa, jotka esiintyvät Israelin Jumalan palvelijoina korottaen itsensä Mooseksen yli.* Kuningataräiti piti jälleen merkitsevän tauon. Sitten hän jatkoi: *Kuulkoon poikani Manasse, joka on vielä nuori nämä sanat: poistettakoon palatsista, Jerusalemista ja Juudasta kaikki, jotka toimivat tätä valtakuntaa vastaan ja jotka levittävät kapinaa ja julistavat temppelin ja kansan tuhoa.*

Kuningataräiti poistui saattueensa kanssa ja neuvonantajien supina voimistui: *Antakoon kuningas käskyn, että kaikki, jotka kapinoivat ja jotka aiheuttavat levottomuutta kansassa, on surmattava...*Manasse antoi käskyn. Vielä samana päivänä vangittiin lähes kaikki etiopialaiset hoviherrat, sekä ne henkivartiokaartin upseerit ja muut palvelijat, joita pidettiin epäluotettavina, aina keittäjiin, hevostenhoitajiin ja alimpiin palveluspoikiin asti. Kuninkaan neuvonantajien vaikutuksesta pystytettiin Baalin alttarit assyrialaisten tähden ja kiellettiin kansaa kajoamasta Baalin pappeihin. Ketään kansasta kiellettiin julistamasta Jumalan tuomiota temppelille, kansalle, Jerusalemille tai Assyrialle.

Manassen hirmuvalta alkaa

Uusi kuningas oli levoton. Häntä miellytti uudenlainen vapaus, mutta samalla muutos tuntui liian nopealta. Manassen neuvonantajat huomasivat nuoren hallitsijan epävarmuuden ja lähestyivät häntä: *Palkatkoon kuningas ennustajia, noitia ja merkkien selittäjiä palatsiin, että kuningas ei tuntisi oloaan levottomaksi.* Manasse kysyi: *Kuinka voisin löytää ketään sellaista, hurskas kuningas Hiskia hävitti kaikki noidat, vainajahenkien nostattajat ja muut.* Neuvonantajat vastasivat: *Täällä on paljon niitä, joita isäsi ei kiihkossaan onnistunut tappamaan, ja jotka nyt uskaltautuvat liikkua vapaasti, koska sinä, kuningas Manasse, haluat viedä tätä valtakuntaa eteenpäin ja suojelet ennustajia ja noitia kiihkoilijoilta, jotka tuomitsevat tätä kansaa ja julistavat tuomiota Jumalan temppelille.*

Niin tuli Jerusalem täyteen noitia, ennustajia, merkkien selittäjiä ja vainajahenkien nostattajia. Vanha baalien palvonta sai nyt lain suojan ja papit koskemattomuuden. Jumalan miehet, jotka julistivat Jumalan tuomiota, pelkäsivät henkensä puolesta ja osa pakeni vuorille eläen keitetyillä juureksilla ja villimehiläisen hunajalla. Palatsin vankityrmä oli täynnä etiopialaisia palvelijoita, Hiskian aikaista muuta palveluskuntaa ja kaikkia, joita pidettiin todellisina Israelin Jumalan palvelijoina tai uuden vallan vastustajina. Palatsin juhlat muuttuivat vapaamuotoisemmiksi ja riehakkaammiksi kuin Hiskian aikana. Kuningataräiti järjesti myös julkisesti omia juhliaan, johon Manasse ystävineen oli aina kutsuttu. Manasselle annettiin kuningataräidin valitsemia kanaanilaisia ja egyptiläisiä neitsyitä palvelemaan tätä. Tästä tuli valtakunnassa loputon juorujen lähde, mutta monikaan ei uskaltanut julkisesti arvostella uusia tapoja. Yksi poikkeus kuitenkin oli.

Jesaja yrittää varoittaa Manassea

Tämä valtakunta on kuin Sodoma, ja kansa kuin Gomorra! Isäsi Hiskia ajoi baalien papit maasta, mutta sinä olet palauttanut kaikki ennalleen! Manasse ei kärsinyt kuulla enempää. *Mene! Koska olit isäni ystävä, en surmaa sinua tuon puheesi tähden, mutta älä tule enää eteeni! Isäni oli kiihkoilija, kuten sinäkin, sinä ja muut, jotka esiinnytte Jumalan miehinä nostatte itsenne Mooseksen yläpuolelle ja aiheutatte levottomuutta kansassa. Valtakunta on vaarassa, jos Assyria hyökkää, te lietsotte kapinaa!* Jesaja poistui.

Lopulta Jumalan mies Jesaja ei ollut lainkaan yllättynyt Manassen toiminnasta. Puhuttelu olikin tapahtunut enemmän velvollisuudesta ja rakkaudesta edesmenneeseen Hiskiaan kuin todellisesta yrityksestä kääntää uuden kuninkaan päätä. Jesaja ei ollut enää edes varma, oliko puhuttelu ollut Jumalan johdatusta vai hänen omaa itsekorostustaan. Hänen ajatuksensa olivat ristiriitaiset ja mieli murheen täyttämä. Kaikkialla, mihin hän katsoi, näkyi rappiota; humalaisia keskellä päivää tulossa juhlista tai menossa pitoihin, epäjumalien patsaita avoimesti myyviä kauppiaita, itseään myyviä nuoria poikia ja naisia porton asussa, röyhkeitä nuorukaisia, jotka sylkivät vanhusten silmille, melua, kovaäänistä soittoa, villiä tanssia... Kuningas Hiskian aikana ihmisten hillittömyyttä oli edes yritetty jotenkin pitää aisoissa, nyt tuntui, että palatsi toimi suorastaan esikuvana kaikelle pahuudelle. Jesaja oli järkyttynyt, kuinka nopeasti Jerusalemin asukkaat ja muutkin Juudassa olivat ottaneet vanhan epäjumalanpalveluksen omakseen, vaikka juuri äsken, Hiskian vielä eläessä, Israelin Jumalan nimi oli ollut jokaisen huulilla. Kaikkein eniten Jesajaa kuitenkin murehdutti se, että Israelin Jumala sotkettiin epäjumalanpalvelukseen. Hän tiesi, että Baalin irstaisissa pidoissa haettiin siunausta maalle ja sadolle, ja esitettiin, että Baal ja Israelin Jumala olivat oikeastaan yksi ja sama tai ainakin sukua keskenään. Olipa Jesaja kuullut, että lasten uhraamistakin oli jälleen esiintynyt. Kansa ikään kuin esitti edelleen palvelevansa samaa Israelin Jumalaa, joka johdatti kansansa pois Egyptin maasta, mutta nyt vain uudella, paremmalla tavalla. Hänestä tuntui jopa, että kaikki, mitä hän oli puhunut tai sanonut, oli lopulta ollut täysin turhaa. Hän päättikin lähteä pois Jerusalemista, vuorille, jonne muitakin Jumalan miehiä ja Israelin

Jumalaan uskovia oli paennut. Hän tiesi, ettei olisi enää turvassa kaupungissa eikä edes maaseudulla, jossa Manassen urkkijat tekivät taukoamatta työtään etsiessään ihmisiä, jotka olisivat edes ajatusten tasolla uutta hallitsijaa vastaan. Kaikkea perusteltiin valtakunnan turvallisuudella ja uskovaisia vainottiin kiihkoilijoina ja kapinallisina, vaikka kukaan heistä ei nostanut sormeaankaan kuningasta tai hovia vastaan. Jesaja tiesi hyvin, että ainoastaan hänen arvovaltansa ja maineensa oli estänyt Manassea vangitsemasta häntä jo nyt. *Lähden viipymättä,* profeetta ajatteli.

Jesaja pakenee

Matkalla Jesaja kohtasi miehen, joka yritti epätoivoisesti peitellä kasvojaan. Vartijat olivat yhyttäneet miehen ja kovistelivat tätä. *Tiedämme kyllä kuka olet, olet Hiskian palvelijoita. Minne olet menossa?* Jesaja riensi paikalle. *Hän on palvelijani, vien hänet mukaani.* Jesaja toimi niin nopeasti, etteivät puolihumalaiset vartiomiehet ehtineet tai viitsineet reagoida. Lisäksi profeetan komeat vaatteet ja arvovaltainen olemus sai heidät hämilleen. Jesaja ja etiopialainen poistuivat kiireesti portista ulos illan jo hämärtyessä. *Jos olisimme vielä viivytelleet, olisimme jääneet porttien sulkeuduttua kaupunkiin,* Jesaja sanoi uudelle ystävälleen kun he olivat ehtineet kauemmas Jerusalemista.

5. Luku

Vuorilla ja erämaassa

Ja kun Jesaja, Aamoksen poika, näki laittomuudet joihin Jerusalem syyllistyi ja Saatanan palvonnan ja hänen moraalittomuutensa, hän lähti Jerusalemista ja asettui Juudan Betlehemiin. Ja myös siellä oli paljon laittomuutta, ja lähtien Betlehemistä asettui vuorelle erämaahan...

(Pseudagrafinen *Jesajan kuolema* , Tuomas Leväsen käännös)

Vuodet kuluivat, ja Jesaja, muut profeetat, sekä harvat uskovaiset elivät vuorilla kaukana asutuskeskuksista. He eivät uskaltaneet hakea suojaa edes maaseudun kylistä tietäen, että kiertelevät urkkijat saattaisivat aiheuttaa onnettomuuden kylien asukkaille. Eikä edes rauhalliseen maanviljelijään saattanut enää nykyisin luottaa, sillä Manassella ja epäjumalanpalvonnalla oli yllättävän laaja kannatus. Tai sitten ihmiset ilmiantoivat toisiaan kostosta, ahneudesta tai pelosta. Jesaja oli kuullut, että vangittuja oli teloitettu tai sitten ihmisiä oli surmattu koteihinsa tai kadulle ilman oikeudenkäyntiä. Näiden vuosien aikana, jona Manasse oli hallinnut, kaikki oli totaalisesti muuttunut Juudassa ja erityisesti Jerusalemissa. Jesaja tunsi surua itsensä ja kansansa lisäksi myös Hiskian tähden: olihan Jesaja itse julistanut, että Daavidin suvusta nousee Vanhurskas, joka vapauttaa Israelin sen synneistä. Kenties Hiskia oli joskus toivonut, että juuri Manasse olisi se vapauttaja?

Jesaja rukoili kolmesti päivässä Jerusalemiin kääntyneenä, välillä yksin, joskus muiden kanssa. Toisinaan vuorille ilmestyi uusia kulkijoita, mutta kaikkiin suhtauduttiin olosuhteiden pakosta epäluuloisesti. Kulkijoiden mukana tuli kuitenkin jatkuvasti tietoa pääkaupungin tapahtumista ja uskovien vainoista, jotka tuntuivat kiihtyvän pidäkkeettömästi. Joka puolelle Juudaa oli pystytetty epäjumalien kuvia, ja kaikkialla järjestettiin orgioita maan hedelmällisyyden takaamisen verukkeella. Lapsia uhrattiin polttouhriksi aivan avoimesti ja vain harva uskalsi julkisesti vastustaa uudistuksia. Tiedettiin, että Jerusalemiin oli saapunut baalien pappien lisäksi joukko noitia ja ennustelijoita sekä vainajahenkien manaajia, ja näitä olisi nähty kuninkaan palatsissa. Kuningas Manassea oli yritetty toistuvasti varoittaa, mutta tämä oli neuvonantajiensa yllytyksestä joko ajanut Jumalan miehet pois luotaan, polttanut kirjeet tai vanginnut profeetat.

Kuninkaan epäluotettavat ystävät

Samoihin aikoihin Manasse istui palatsissaan ja odotti. *Herrani kuningas! Olemme löytäneet naisen, joka pystyy nostattamaan kenet tahansa kuolleen, jonka herrani kuningas vain haluaa.* Manasse ilahtui, joskin jokin pieni epäilys kalvoi hänen mieltään. *Hyvä! Tuotakoon hänet eteeni ja hän näyttäköön ensin kykynsä.* Sitten kuningas sanoi ystävälleen kanaanilaiselle Tobialle, joka seisoi hänen vieressään: *En tiedä onko tämä hyvä ajatus. Kuningas Saul etsi käsiinsä vainajahenkeä hallitsevan naisen ja nostatti Samuelin kuolleista ilmestymään hänelle, mutta Samuel ilmaisi hänen kuolemansa ja Saul menehtyikin taistelussa yhdessä poikiensa kanssa. Mitä jos minulle käy huonosti kuten Saulille?* Tobia vastasi Manasselle: *Älköön kuningas niin ajatelko! Saul menehtyi syntiensä tähden, mutta sinulla on Jumalan varjelus ja Israelin Jumala suojaa kansaasi. Assyriasta tulee läheisempi liittolaisemme, kun emme enää torju heidän jumaliaan kuten isänne Hiskia taitamattomasti profeettojensa yllytyksestä teki, onnettomuudeksi tälle kansalle. Tämä nainen nostattaa sinulle kenet haluat, ja voit kysyä neuvoa kuolleilta saadaksesi viisautta kuten Salomolla oli, joka johti kansaansa viisaasti.* Salomon nimi ei kuitenkaan onnistunut heti vakuuttamaan Manassea: *Eikö valtakunta jakaantunut juuri Salomon jälkeen? Eikö Salomo ottanut vieraiden kansojen tyttäriä vaimoikseen, kuten minäkin olen nyt tehnyt?* Tobia huomasi, että Manasse oli alkanut epäilemään hänen neuvojaan ja vastasi: *Kuningas kuunnelkoon neuvoa, jonka Tuonelaan siirtynyt antaa, ja toimikoon sitten viisaasti.* Manasse rauhoittui hieman, ja heti ilmoitettiin tietäjähengen nostattajan saapumisesta.

Henkien manaaja

Manasse katseli kalliiseen vaatteeseen puettua naista, jonka väitettiin osaavan nostattaa kuolleen. *Osaatko sinä nostattaa Tuonelasta kenet tahansa, että voisin kysyä neuvoa, miten menettelen assyrialaisten kanssa?* Nainen vastasi arkailematta: *Osaan, herrani kuningas. Minulla on valta nostattaa kenet tahansa, vaikka viisas Salomo tai isänne Hiskia, tai kuka hyvänsä.* Suunnilleen keski-ikäinen, pitkät mustat hiukset silmillään oleva nainen huokui itsevarmuutta, joka hiukan pelotti Manassea. Kuningas varoi erityisesti naisen outoja silmiä, joissa tuntui olevan erityistä, outoa ja mystistä lumovoimaa. Sitten hän sanoi: *Hyvä, en ole vielä päättänyt keneltä kysyn neuvoa, mutta nostata nyt nähteni jokin vainajahenki. Jollet pysty siihen, menetät pääsi. Mutta jos onnistut, palkitsen sinut ja saat asua täällä palatsissa kanssani.* Nainen ei hätkähtänyt nuoren kuninkaan melkein kimeää ääntä, vaan sanoi: *Se onnistuu kyllä. Nostatan sinulle kymmenenpäämies Josian, jonka kuninkaani teloitti ja ripusti muurille varoituksena muille, ja jonka viimeiset sanat olivat: kirotkoon Israelin Jumala sinut, jonka opetin ratsastamaan ja miekkaa käyttämään!* Manasse säikähti. Mistä tämä nainen tiesi vähäisen kymmenenpäämiehen viimeiset sanat? *Hyvä! Tee niin kuin olet sanonut, minä en pelkää kymmenenpäämies Josiaa.* Nainen käski sammuttaa lyhdyt salista ja käski kaikkia palvelijoita ja sotilaita poistumaan. Ainoastaan nainen, kuningas ja Tobia jäivät saliin.

Nainen teki käsillään teatraalisia eleitä ja hoki mantraa, joka kuulosti pelokkaasta Manassesta jonkinlaiselta loitsulta. Sitten, salin nurkkaukseen näytti piirtyvän jokin hahmo. Oliko se vain varjo? Manasse pelkäsi paljon enemmän kuin tohti myöntää. *Oletko sinä kymmenpäämies Josia, jonka minä teloitin?* Jostain kuului vastaus, joka muistutti miehen ääntä: *Olen, herrani kuningas.* Manasse oli järkyttynyt ja lähes pelon lamaannuttama. Miksi naisen piti nostattaa juuri Josia, jonka kuolema edelleen hieman kalvoi hänen jo paatuvaa omatuntoaan? *Josia...tuletko sinä kostamaan minulle kuolemasi?* Ääni vastasi: *En! Tämä nainen hallitsee minun ja muiden sieluja täällä! Minä en voi tehdä sinulle mitään, jos tämä nainen sen kieltää.* Ääni vaikeni ja nainen huomasi, että temppu oli tehnyt vaikutuksen Manasseen. Sitten utuinen hahmo katosi ja Tobia käski palvelijat takaisin sytyttämään lamput uudelleen. Manasse kokosi itsensä ja sanoi: *Antakaa tälle naiselle kultaa ja huone palatsista.*

Balkiira

Viikot ja kuukaudet kuluivat ja eräänä päivänä vuorille ilmestyi mies, joka tuotiin Jesajan eteen. *Jumalan rauhaa! Kuka olet ja mistä tulet?* Mies vastasi Jesajalle ja muille paikalla olleille: *Jumalan rauhaa! Minä olen Balkiira, Kenaanin poika Betlehemistä. Minä olen Herran palvelija niin kuin sinäkin ja te muut ja isäni oli myös Israelin Jumalan palvelija niin kuin sukunikin.* Jesaja katsoi miestä tutkivasti. *Älköön veljeni pahastuko, kun kyselen, mutta vuorilla ja erämaassa sekä maaseudun kylissä liikkuu paljon jumalattoman Manassen urkkijoita, jotka kavaltavat Israelin Jumalan palvelijoita pelon, pienen rahasumman vuoksi, kostosta tai vain ilkeyttään kuninkaalle ja tämän hännystelijölle. Meidän on siis oman turvallisuutemme vuoksi epäiltävä kaikkia. Jos olet kuitenkin tullut etsimään turvapaikkaa luotamme, emme voi sinua ajaa pois. Me syömme täällä juuria ja asumme luolissa, edes maaseudun kylistä emme voi apua kuninkaan hirmuvallan takia pyytää. Meillä ei siis ole tarjota sinulle mitään, vaan joudut itse etsimään ruokasi.* Balkiira vastasi: *Minä olen Herran palvelija niin kuin koko sukunikin oli, ja pakenen Manassea. Etsin kyllä itse ruokani ja en ole teille miksikään vaivaksi, jos vain saan olla täällä turvassa.* Jesaja katseli Balkiiraa edelleen tutkivasti, mutta vastasi: *Ole rauhassa, veljeni! En tosin tunne sinua enkä isääsi, mutta olen kuullut suvustasi. Tosin se, että on syntynyt Jumalaa palvelevaan sukuun ei takaa kenenkään luotettavuutta. Onhan kuningas Manassekin hurskaan kuningas Hiskian poika ja palvellut Jumalaa lapsuudessaan ja kuullut niistä ihmeistä, joita Israelin Jumala teki tälle maalle ja isällesi, kun auringon varjo liikkui vastapäivään ja enkeli tuhosi Jerusalemia piirittävät assyrialaiset sekä monista muista ihmeistä. Ja olihan hurskaan kuningas Daavidinkin poika jumalaton Absalom, joka nousi kapinaan isäänsä vastaan, ja isämme Iisakin poika maailmallinen Esau, joka otti pakanallisia vaimoja. Ja eikö Noaan, joka rakensi arkin, poika ollut häijy Haam, ja Adamin poika Kain, joka tappoi veljensä Abelin? Ei se, että on hurskaan miehen poika tai hurskaasta suvusta todista kenenkään luotettavuutta. Älköön siis veljeni Balkiira pahastuko, vaikka näin kyselemme.* Balkiira oli vaiti, mutta sanoi sitten lähes itkuisella äänellä: *Minä olen tällainen kurja syntinen! Mutta jos saan jäädä luoksenne...* Jesaja ei ollut aivan varma, oliko Balkiiran itku aitoa vai näyteltyä, mutta vastasi tälle: *Jää luoksemme veljeni!*

6. Luku

Baal

Hän teki sitä, mikä on pahaa Herran silmissä, niiden kansain kauhistavien tekojen mukaan, jotka Herra oli karkottanut israelilaisten tieltä. Hän rakensi jälleen uhrikukkulat, jotka hänen isänsä Hiskia oli kukistanut pystytti alttareja baaleille, teki aseroja ja kumarsi ja palveli kaikkea taivaan joukkoa.

(2. Aikakirja 33: 2-3. Vuoden 1933 käännös).

Vuosien kuluessa Manasse sai yhä enemmän rohkeutta uudistuksiin, joihin äitinsä sekä ystävänsä ja neuvonantajansa, etunenässä Tobia, Saadok ja Johannes häntä yllyttivät. Eräänä päivänä leskikuningatar kutsui hänet Jerusalemin ulkopuolelle yhdessä vaimonsa Meshullemethin kanssa. Uusi kuningatar tervehti leskikuningatarta tuttavallisesti. Olihan Manasse nainut Meshullemethin juuri äitinsä kehotuksesta, ja tämä halusi osoittaa kaikin tavoin kiitollisuutensa arvovaltaiselle anopilleen. Meshullemeth oli raskaana. *Tyttäreni, sinä olet kuninkaalle rakkain kaikista vaimoista! Siunattu olkoon lapsi, joka sinusta syntyy pojalleni Manasselle!* Manasse oli äitinsä ja neuvonantajiensa kehotuksesta ottanut muitakin vaimoja, mutta Meshullemethilla oli ainoana kuningattaren arvo, ja hänen asemansa oli aivan eri tasolla muihin nähden, jotka olivat enemmän haaremittaria kuin vaimoja. Ulkona oli hämärää ja kedolle oli koottu palvelijoita ja kamarineitoja sekä pappeja. Suitsuke paloi ja tunnelma oli salaperäinen, odottava. Leskikuningattaren taputtaessa käsiään soitto ja tanssi alkoi pappien laulaessa oudon melodista hymniään. Ilta hämärtyi ja linnut vaikenivat. Lisää tulia syttyi pimeyden vallatessa maisemaa. Hymni jatkui jatkumistaan ja paikalla olijat- Manasse ja Meshullemeth mukaan lukien- vaipuivat outoon, keskittyneeseen tilaan. Papit osallistuivat myös tanssiin ja jossain vaiheessa alkoivat viileskelemään itseään. Melodinen soitto ja hymni jatkuivat taukoamatta. Nuori kuningas oli haltioissaan näkemästään. Vielä joitakin vuosia sitten hän olisi muistanut kertomuksen Eliasta ja Baalin pappien kohtalosta, mutta nyt hän ei vaivannut ajatuksiaan sellaisella. *Isäni Hiskia ei ymmärtänyt valtakuntansa etua,* Manasse toisteli mielessään Tobian syöttämää fraasia kuin kyseessä olisi hänen oma keksintönsä. Villi tanssi ja soitto yltyivät, ja lopulta siihen liittyivät kaikki, niin palvelijat, palvelijattaret kuin kuningataräitikin yhdessä Manassen ja Meshullemethin kanssa, jota sentään hieman hillitsi varhaisessa vaiheessa oleva raskaus. Pimeys verhosi Jerusalemin ja koko Juudan, vain nuotioiden valot valaisivat synkkää yötä.

Seuraavina päivinä Manasse kutsui ystävänsä kanaanilaisen Tobian ja Saadokin sekä Johanneksen luokseen. *Veljeni! Assyrialaiset lähettiläät ovat kutsuneet minut neuvotteluihin. Onko teillä neuvoa, mitä vastaan?* Saadok oli edeltä sovitusti asetettu puhumaan muiden puolesta: *Herrani kuningas! Kysyköön kuningas Manasse neuvoa siltä, joka on siirtynyt kuolleiden maahan. Sillä onhan nyt kuninkaan omassa palatsissa nainen, joka osaa nostaa vainajahengen Tuonelasta. Kuningas kysyköön kuolleelta neuvoa ja vastatkoon sitten assyrialaisille viisaasti.* Muut kuninkaan " ystävät" nyökyttelivät. Manasse kysyi: *Mutta kenet pyydän nostattamaan? Ei ainakaan Samuelia, joka koitui Saulin tuhoksi.* Saadok vastasi: *Me, Tobia, Johannes ja minä, kokoonnumme miettimään, kenet olisi viisasta nostattaa. Siinä kuningas on oikeassa, että Samuelia, joka koitui hurskaan Saulin tuhoksi ei pidä nostattaa. Mielestämme ei myöskään isääsi Hiskiaa, koska hän ei eläessäänkään toiminut valtakuntansa parhaaksi vaan soti assyrialaisia vastaan ja kielsi Jerusalemin ja Juudan asukkaita turvautumasta niihin jumaliin, joihin kaikki ympäröivät kansatkin turvautuvat ja menestyvät. Ei myöskään ketään Jumalan miestä, joita Te, kuningas Manasse olette teloittanut, koska he saattavat olla kostonhimoisia ja aiheuttavat tälle palatsille onnettomuuden kuolleistakin, vaikka vainajahenkien manaaja pystyykin heitä hallitsemaan. Me ilmoitamme kuninkaalle, kenet meidän mielestämme tulisi nostattaa kuninkaan ja tämän valtakunnan parhaaksi, kunhan olemme miettineet asiaa joitakin päiviä.* Manasse vastasi: *Tehtäköön niin, ilmoittakaa minulle kolmen päivän päästä, kenet pyydän nostattamaan.* Tobia, Saadok ja Johannes poistuivat kuninkaan luota puhellen keskenään: *Kuningas tekee kaiken mitä käskemme. Voimme käskeä nostattamaan kenet vaan ja kuningas on yhä enemmän meidän hallinnassamme. Mietitään, kuka tekisi tuohon narriin kaikkein suurimman vaikutuksen.*

Onko Balkiira petturi?

Samaan aikaan vuorilla Jesaja poistui keskipäivän rukouksesta, kun Hilkia käveli häntä vastaan. *Jesaja, Jumalan mies. Minä en luota bethelemiläiseen Balkiiraan.* Jesaja kuunteli ja mutisi: *Hmm...*Hilkia jatkoi: *Balkiiralla on* *huono maine. Hiskian aikana hän kierteli ympäriinsä eksyttäen ihmisiä ja Hiskia oli kieltänyt häntä tulemasta Jerusalemiin. Jotkut sanovat, että hän on väärä profeetta, mutta jotkut pitävät häntä Jumalan miehenä, erityisesti naiset, koska Balkiira puhuu niin kauniisti Israelin Jumalasta ja Mooseksesta. Mutta minua hän ei petä!* Jesaja jatkoi mutinaansa: *Hmm...Kun kysyin Balkiiralta jotain, hän alkoi itkemään ja sanoi: Voi, minä olen niin kurja syntinen!* Hilkia jatkoi tuohtuneena: *Kun kysyin, onko hänellä jokin asia mistä hän haluaa puhua, kun hän koko ajan toistelee olevansa kurja syntinen, hän katsoi minua kun ei olisi ymmärtänyt koko kysymystä. Sitten hän alkoi puhumaan isästään ja suvustaan, jotka olivat Jumalan palvelijoita. Mielestäni hänen itkunsa ja esiintymisensä ei ole aitoa.* Jesaja aikoi ensin jatkaa epämääräistä mutinaansa, mutta kun hän huomasi Hilkian tuohtumuksen, hän aloitti: *Balkiira voi olla huijari tai varas, joka on joutunut nykyisenkin kuninkaan epäsuosioon ja hän esittää hurskasta saadakseen täältä turvapaikan. Olen kuullut hänen hurskaasta suvustaan ja tiedän, että monet täällä pitävät häntä Jumalan miehenä, mutta jotkut eivät. Minäkään en täysin luota häneen. Häntä täytyy vartioida, mutta hän saattaa myös olla täysin harmiton ja turvapaikkaa vailla. Emme voi karkottaa häntä luotamme vain epäilysten tähden. Sitä paitsi, jos karkotamme hänet, hän voisi kostoksi kavaltaa meidät Manassen miehille, jotka etsivät meitä vangitakseen ja tappaakseen... Vartioidaan häntä, mutta annetaan hänen toistaiseksi olla.* Jesajan sanat kuulostivat lopulta

Hilkiasta viisailta ja hän tyytyi niihin. Hän käski kuitenkin muutamia ystäviään vartioimaan Balkiiraa ja ilmoittamaan, jos tämä poistuu piilopaikasta vuorilta vain lyhyeksikin aikaa.

Noidat esittelevät temppujaan

Yhä uusia noitia ja merkkien selittäjiä palkattiin palatsiin ja Manassen mielipuuhaa olikin kuunnella heidän ennustuksiaan. *Herrani kuningas, sinä nostat tämän valtakunnan suuremmaksi kuin kuningas Daavid, jonka sukua olet ja vapautat Juudan ympäröivien kansojen verotuksesta. Sinä lyöt heidät maahan ja Jerusalem saa aina asua rauhassa...* Kun sisälmyksistä ennustaja oli lopettanut, kutsuttiin egyptiläinen astrologi saliin. *Herrani kuningas, tähdet ovat juuri nyt suotuisat ja juuri nyt on otollista tehdä suuria päätöksiä tämän valtakunnan hyväksi! Sinusta, kuningas Manasse, tulee rikas kuin esi-isästäsi Salomosta, kun hän salli vaimojensa neuvosta pystyttää uhritulet ja maan jumalien patsaat...*Manasse oli niin haltioitunut, ettei hän edes välittänyt selvästä historian vääristelystä. Hän halusi uskoa kaiken kuulemansa. *Kutsukaa paikalle vielä noita, joka lukee luita!* Niinpä hetken kuluttua Outo mies, jonka kansalaisuutta Manasse ei tunnistanut, astui kuninkaan eteen. Noita oli puettu karhuntaljaan ja hän kumartui Manassen eteen. *Heittäkää luunne maahan ja ennustakaa, mitä kuninkaalle tapahtuu,* Manasse käski kärsimättömänä. Noita heitti luut levittämälleen matolle ja tutki niitä pitkään. *No?* Manasse odotti. Noita katsoi luitaan ja sitten kuningasta ja sanoi: *Jos kuningas toimii viisaasti, hänestä tulee mahtava kuin Salomo!* Manasse innostui: *Taas mainittiin Salomo!*

Kolme päivää oli kulunut ja Manasse kutsui ystävänsä Tobian, Saadokin ja Johanneksen eteensä. Miehet saapuivat ja Manasse kysyi: *Kenet minä käsken nostattamaan, mikä on viisas neuvonne?* Saadok, joka oli tälläkin kertaa valittu puhumaan, vastasi kuninkaalle: *Herrani kuningas, tarkasti harkittuamme olemme päättäneet, että viisas neuvomme on seuraava: käskeköön kuningas nostattamaan Salomonin, hurskaan ja mahtavan kuninkaan, joka viisaudellaan sai valtakuntansa kukoistamaan. Joka oli Herran, Israelin Jumalan palvelija ja joka salli vaimojensa viisaasta neuvosta rakennuttaa maan jumalien patsaat ja suitsuttamaan niille jumalille, joille kaikki ympäröivät kansatkin suitsuttavat ja menestyvät.* Manasse riemastui.

7. Luku

Vainajahenki

.....ja hankki itsellensä vainaja- ja tietäjähenkien manaajia; hän teki paljon sitä, mikä on pahaa Herran silmissä, ja vihoitti hänet.

(2. Kuningasten kirja: 21: 6. 1933 käännös).

Manasse oli kutsunut saliin kolme lähintä neuvonantajaansa, Tobian, Saadokin ja Johanneksen seuraamaan palkkaamansa vainajahenkiä hallitsevaa naista. Paikalla oli myös joitakin muita henkilöitä, kuten kirjuri Josef, jonka tuli laittaa vainajahengen sanat muistiin sekä naisen avustajana toimivia noitia. Vain pieni öljylamppu paloi muuten pimeässä huoneessa. Manasse aloitti: *Nainen, nostata minulle suuri Salomo, että hän antaisi viisaan neuvon. Haluan tietää, mitä vastaan Assyrian lähettiläille, tämän valtakunnan ja kuninkaan parhaaksi.* Nainen aloitti heti mutinansa ja teki näyttäviä eleitä käsillään. Myös muut noidat yhtyivät mutinaan. Aikaa kului paljon enemmän kuin silloin, kun noitanainen sai Josian ilmestymään kuninkaalle. Manassea jännitti. Ainoastaan kirjuri Josef pysyi tyynenrauhallisena kirjoitusneuvot valmiina. Sitten alkoi tapahtua. Jostain kuului matala, outo ääni ja utuinen hahmo ilmestyi huoneeseen. Tosin hahmon muotoa oli vaikea päätellä tai edes erottaa sitä, oliko kyseessä vain öljylampun väreilyttämä varjo. Kukaan huoneessa olevista ei kuitenkaan epäillyt, etteikö kyseessä todella olisi satoja vuosia aiemmin kuolleen Salomon hahmo. Sen verran vakuuttava oli noitanaisen esiintyminen ollut. *Miksi häiritset minua kuningas Manasse, minua, suurta Salomoa?* Manasse pelkäsi, mutta kysyi: *Oletko sinä todella Salomo, etkä mikään temppu?* Ääni vastasi: *Olen! Tämä nainen hallitsee minua ja muita tällä puolella lepääviä. Mitä asiaa sinulla on?* Manasse vastasi äänelle, vieläkin hiukan epäröiden: *Mitä vastaan Assyrian läheteille, että saisin menestystä ja Jerusalem ja koko valtakunta menestyisi?* Ääni vastasi: *Pystytä heidän jumaliensa patsaat Herran, minun Jumalani temppelin pihalle. Niin saat menestyksen tälle maalle.* Manasse epäröi yhä enemmän: *Oletko sinä todella Salomo? Kuinka uskallan asettaa patsaat Herran temppelin luokse? Eivätkö kansa ja papit ala kapinoida?* Ääni vastasi, nyt kärsimättömän kuuluisasti: *Olen suuri kuningas Salomo, joka kuuntelin vaimojeni neuvoa ja annoin pystyttää patsaat Jerusalemiin ja suitsuttaa vaimojeni jumalille, menestykseksi tälle kansalle! Eikä kansa tai papit kapinoi, jos vangitset kiihkoilijat, jotka ovat paenneet vuorille juonittelemaan sinua vastaan, kuningas Manasse. Kun pystytät patsaat temppelin pihaan, ovat assyrialaiset rauhallisia sinua kohtaan ja saat hallita rauhassa maassasi.* Sitten ääni vaikeni, ikään kuin kadoten jonnekin syvyyksiin ja lisää öljylamppuja sytytettiin huoneeseen. Kirjuri Josef kirjoitti kaiken sanotun muistiin. Kuningas antoi hämmennyksestään ja pelostaan huolimatta välittömästi käskyn pystyttää patsaat Jerusalemin temppelin pihaan. Sitten hän antoi käskyn etsiä ja vangita Jumalan miehet ja muut vuorille paenneet, erityisesti Jesajan.

Balkiiran petos

Hilkia juoksi Jesajaa vastaan. *Jesaja, Jesaja! Balkiira on kadonnut. Hän väitti menevänsä yksinäisyyteen rukoilemaan, ja kun käskin seurata häntä, hän eksyttikin vartijansa ja nyt hän on kadonnut.* Jesaja kuunteli ja sanoi: *Emme*

64

voi asialle enää mitään. Täällä on raskaana olevia naisia ja pieniä lapsia, emme voi liikkua huomaamatta. Tapahtukoon Jumalan tahto.

Katala Balkiira oli jo saapunut Jerusalemiin suuren palkkion toivossa. Hän ilmoittautui palatsin vartiomiehille ja vaati saada kertoa asian suoraan kuningas Manasselle. Vartiopäällikkö suostui tiukan kuulustelun jälkeen tuomaan hänet kirjuri Josefin eteen. *Miksi et ilmoittanut tätä maaseudulla partioiville sotilaille? He olisivat voineet ottaa Jesajan ja muut kiinni? Sinä himoitsit palkkiota, senkin koira! No, antakaa tuolle käärmeelle palkkio ja ajakaa matkoihinsa,* Josef komensi sotilaita. Balkiira meni rahoinensa matkaansa, joskaan ei kauas palatsin portilta, koska halusi nähdä mitä seuraavaksi tapahtuisi. Toisaalta hän pelkäsi myös kaupungin ryöväreitä, taskuvarkaita, sekä humalaisia rähinöitsijötä jotka saattoivat iskeä keskellä päivääkin väkijoukossa. Palatsin vartiosotilaiden läheisyys toi edes jonkinlaisen turvallisuuden tunteen yhdessä hihaan piilotetun tikarin kera. Balkiira osti portin lähellä kauppiaalta pienen viiniruukun sekä toiselta kauppiaalta hedelmiä ja jäi odottelemaan jonkin matkan päähän hedelmiä ahmien ja viiniä siemaillen. Ja näki kohta, kuinka kuninkaan ratsumiehet ratsastivat Jerusalemista kohti vuoristoa hurjaa laukkaa, kuin riivatut, Manassen tunnuksia ylpeästi kantaen.

Papit ja kansa myöntyvät Manassen uudistuksiin

Samoihin aikoihin Manasse oli jo aloittanut patsaiden pystytyksen temppeliin. Kuninkaan peloista huolimatta kukaan temppelin papeista ei moittinut epäjumalien tuomista Herran temppelin esipihaan. Myöskään kansasta kukaan ei moittinut Manassen toimintaa vaan kaikkea seurattiin ihastuksen vallassa. Herran temppelin papit sanoivat toisilleen: *Näin saamme rauhassa palvella Herraa, meidän Jumalaamme, joka antoi Moosekselle hyvän lain! Jos kapinoisimme kuningasta vastaan, joutuisi temppeli lopullisesti turmioon ja rikkoisimme Moosekselta saamiamme käskyjä. Ja koko kansa joutuisi tuhoon, opettakaamme siis kansalle, ettei kuninkaan epäjumalia vastaan saa kapinoida, ettemme kaikki tuhoutuisi.* Mutta ei kansalla ollut aikomustakaan nousta kuningastaan tai epäjumalia vastaan, ja jos joku sanoi yhdenkin sanan, ilmiannettiin hänet tai ajettiin pois kiihkoilijana ja Mooseksen antaman lain rikkojana.

8. Luku

Ben-hinnomin laaksossa

Ja käytti poikansa tulessa.

(2. Kuningasten kirja 21: 6. Vuoden 1776 käännös).

Manasse kutsui taas Tobian, Saadokin ja Johanneksen eteensä. *Mitä minä teen? Assyrialaiset vaativat minulta koko ajan enemmän ja minun, Juudan kuninkaan, valta on vähentynyt, ei kasvanut, vaikka pystytin patsaat Herran temppelin esipihaan. Minä pelkään, että tulee sota, niin kuin tuli isäni Hiskian aikana.* Neuvonantajilla oli kuitenkin vastaus valmiina: *Herrani kuningas! Oli viisas teko pystyttää patsaat, kuten Salomo kuolleiden valtakunnasta neuvoi. Jos patsaita ei olisi pystytetty, olisivat assyrialaiset jo hyökänneet, siitä olemme varmoja.* Kolme neuvonantajaa nyökytteli, toisilleen salaa silmää iskien. *Mutta kaikkea herrani kuningas ei ole vielä tehnyt. Kapinallisten johtaja, Jesaja, on edelleen vapaana, vaikka heidän piilopaikkansa löytyikin Balkiiran hyväntahtoisesta ja vilpittömästä ilmoituksesta huolimatta ja osa Jumalan miehistä saatiin jo vangittua. Eikä herrani kuningas ole vielä muutenkaan tehnyt kaikkea voitavaansa tämän kansan eteen.* Kaikki vaikenivat. Manasse katsoi Tobiaa, Saadokia ja Johannesta sekä kirjuri Josefia ikään kuin tietäen, mitä häneltä odotettiin. *Mitä ei kuningas sitten ole tehnyt tämän kansan parhaaksi, mitä vielä puuttuu? Jesaja saadaan kohta kiinni ja assyrialaisten jumalat ovat saaneet kunniapaikan Jerusalemissa ja muuallakin Juudassa. Kiihkoilijat on ajettu pois ja koko kansa tottelee minua, jota kaikki palkkaamani noidat, astrologit, merkkien selittäjät ja vainajahenkien manaajat koko ajan neuvojat, kuten tekin, vilpittömät ystäväni, jotka olen tuntenut jo lapsesta saakka.* Paikalla olijat eivät olleet aivan varmoja, oliko Manassen äänessä ripaus ivallisuutta vai ei. Kuitenkin Tobia vastasi: *Herrani kuningas! Kanaanilaiset kansat jotka asuivat täällä silloin kuin Herra, Israelin Jumala, joka antoi Moosekselle lakinsa, johdatti kansansa Egyptistä luvattuun maahan, uhrasivat esikoispoikansa maan jumalille, kansan menestykseksi. Sitä ei herrani kuningas ole vielä tehnyt.* Vastaus oli juuri se, jota Manasse odottikin. Hän oli hetken vaiti, ikään kuin empien jo paatuneessa sydämessään. *Hyvä on! Uhrattakoon vastasyntynyt poikani maan jumalille Ben-hinnomin laaksossa ja poltettakoon tulessa, ehkä kuninkaan ja tämän kansan menestys on silloin taattu!* Kirjuri Josef kirjoitti kaiken ilmeenkään värähtämättä ylös. Kuningas poistui heti neuvonantajiensa mentyä ja käski kutsua lastenhoitajan luokseen.

Pelottava Ben-hinnomin laakso

Tulet paloivat Ben-hinnomin laaksossa Jerusalemin ulkopuolella. Hämärä oli muuttumassa täydelliseksi pimeydeksi. Jostain kuului yölintujen ääniä. Yksinään kuningas tai kukaan muukaan paikallaolijoista ei olisi uskaltanut tulla laaksoon hämärän laskeutuessa. Väitettiin, että laaksossa kummitteli, ja toisinaan pimeydestä kuului tarinoiden mukaan lapsen itkua…. Manassekin oli kuullut kummitustarinoita ja varoituksia laaksosta lapsesta asti, mutta nyt hän arveli niiden olevan vain isänsä hallinnonaikaisten kiihkouskovaisten taikauskoa tai turhaa pelottelua. Eikä hän itse asiassa edes siitä välittänyt. Kuitenkin, jokin alitajuinen pelko kouraisi häntä, kun nuori hallitsija kulki lapsi sylissään hiljaa eteenpäin. *Eikö kukaan estä minua? Eivätkö nuo vartiosotilaat välitä siitä, mitä nyt tapahtuu? Miksi se Jumala, johon isäni Hiskia uskoi, ei puutu tähän?* Nämä sisimmässä kaikuvat äänet jäivät kuitenkin taka-alalle jonkin voimakkaamman äänen voimistuessa hiljentäen ne lopulta kokonaan. Äänen, joka tuntui paljon houkuttelevammalta. Äänen, joka tuntui ottaneen valtaansa nuoren kuninkaan mielen ja sydämen. Äänen, jonka lähde hallitsi kuninkaan palvelijoita ja koko hovia, ja joka kärsimättömänä odotti pääsevänsä hallitsemaan koko valtakuntaa.

Kuu tuli esiin pilven takaa paljastaen laakson varjot. Uhripappien melodinen hymni voimistui Manassen kantaessa esikoispoikaansa sylissään kohti ylipappia. Kuningatar Meshullemeth seisoi kauempana harsolla päänsä peittäen. Kukaan ei nähnyt hänen kasvojensa ilmettä tai tiennyt, mitä hän tästä kaikesta ajatteli. Tuuli puhalsi autiomaasta heiluttaen vaatteiden kankaita ja saaden liekit ja varjot tanssimaan villisti. Kuu katosi jälleen pilven taakse pimentäen taivaan. Manassen kasvot olivat kuin kiveä, kuten sydänkin. Jossain huhuili pöllö. Hiekka rätisi jalkojen alla peittäen voimistuvan sydämen pamppailun äänen. Pappien hyminä voimistui kun kuningas saapui ylipapin luokse ojentaen poikansa. Hyminä lakkasi ja papit aloittivat äänekkään soiton, ja soittimien äänet peittivät alleen kaiken, toimien kuin verhona alkavalle pahuudelle.

Jesaja vangitaan

Jerusalemin kaduilla kävi vilske. Ihmiset juoksivat katsomaan palatsia kohti kulkevaa ratsastajien joukkoa. Ratsumiesten keskellä kulki sidottu mies. Laiha, pelkkiin rääsyihin puettu parrakas mies, jonka kasvot olivat kuitenkin rauhalliset ja silmät kirkkaat, joskin väsyneen ja surullisen näköiset. *Tuoko on Jesaja, Hiskian ystävä! Tuollainenko se olikin?* Pojat heittelivät Jumalan miestä hevosenlantakokkareilla ja juoksivat saattueen mukana ilmeillen. Lopulta saattue saapui palatsin luokse ja Jesaja vangittiin virallisesti, ikään kuin laillisesti, kuuluvalla äänellä ja mahdollisimman suurella huomiolla. Kirjuri Josef kirjoitti kaiken ylös aikomuksena tehdä selonteko vaarallisen rikollisen kiinnisaamisesta kuninkaalleen. Jesaja vietiin tyrmään odottamaan kohtaloaan.

Herrani kuningas! Jesaja on vangittu ja viety tyrmään odottamaan kuninkaan päätöstä, ilmoitti palatsin vartiopäällikkö Manasselle. *Hyvä! Eläköön vedellä ja leivällä kunnes päätän, mitä teen hänelle.* Vartiopäällikkö vastasi: *Herrani kuningas, vastaan itse että kuninkaan käsky toteutetaan!* Poistuessaan vartiopäällikkö ajatteli: *Nyt Manasse kysyy neuvonantajiltaan, mitä hän tekee Jesajalle. Itse hän ei sellaista päätöstä osaisi tehdä...*

Tobia, Saadok ja Johannes seisoivat Manassen edessä ja lupasivat miettiä, mitä Jesajalle tulisi tehdä. *Herrani kuningas! Jesajaa ei saa teloittaa siten, että kansa pitäisi häntä sankarina. Jesajan kuolema olkoon kauhea ja häpeällinen, pelotukseksi tälle kansalle.* Manasse kysyi: *Mikä sitten olisi oikea kuolema Jesajalle?* Tobia vastasi: *Antakoon kuningas kolme päivää, ja sitten hän saa vastauksen, miten Jesajan tulisi kuolla.* Kaikki olivat hetken hiljaa, sitten Manasse aloitti: *On toinenkin asia, johon tarvitsen neuvoanne.* Kaikki olivat taas hiljaa ja sitten nuori kuningas jälleen jatkoi: *Assyrialaiset eivät vieläkään ole jättäneet minua rauhaan, vaikka olen pystyttänyt patsaat Herran temppelin yhteyteen, vanginnut Jesajan ja uhrannut kupeitteni hedelmän maan jumalille. Ja vaikka olen pyytänyt neuvoa viisaalta Salomolta ja tehnyt kaiken, mitä olette neuvoneet.* Manassen kasvoissa oli epätoivoa, mutta myös tiettyä ankaruutta. Tobia, Saadok ja Johannes olivat hetken vaiti ja sitten Tobia vastasi: *Eikö Jesaja saatu kiinni? Ja onko Assyria hyökännyt? Totta kyllä, että assyrialaiset vaativat koko ajan vain enemmän, mutta eikö ole vielä rauha maassanne, kuningas? Mutta kolmen päivän kuluttua vastaamme myös tähän kysymykseen, herrani kuningas.* Manasse tyytyi tähän ja neuvonantajat poistuivat keskenään supatellen. *Täällä Jerusalemissa on noitia, jotka palvovat Beliaria, joka on tullut taivaasta maan päälle, ja jolle on annettu valta koko maanpirille. Neuvotaan kuningasta palvomaan enkeliä, niin hän tekee kaiken, mitä pyydämme.* Näin kolmikko yhdessä sopien päätti. Myös Jesajan kuolemaa he suunnittelivat, toinen toistaan häijympiä tapoja esittäen, kunnes keksivät sopivan tavan.

Kolmen päivän kuluttua Tobia, Saadok ja Johannes asettuivat kuningas Manassen eteen ja kirjuri Josef oli heidän mukanaan kirjoitusneuvot valmiina. Tobia aloitti: *Herrani kuningas! Olemme päättäneet, että kuninkaan on viisainta kuunnella noitaa, joka palvelee Beliaria, enkeliä, joka hallitsee koko maanpiiriä. Beliarilla on valta pelastaa kuningas ja Juuda assyrialaisten painostukselta. Lisäksi me neuvomme, että kapinallinen Jesaja, joka korottaa itsensä Mooseksen yli ja aiheuttaa levottomuutta ja herjaa kuningas Manassea ja meitä, kuninkaan vilpittömiä ystäviä ja neuvonantajia, jotka yöt ja päivät ajattelemme kuninkaan parasta, teloitetaan siten, että hänet sahataan kappaleiksi kuninkaan edessä, varoituksena kansalle.* Manasse vastasi: *Ystävieni neuvo on hyvä! Mutta odotettakoon sen verran, että koko Juudassa kuulutetaan Jesajan teloituksen syy. Eläköön siihen asti vedellä ja leivällä kuten tähänkin asti. Ja tuotakoon eteeni noita, joka palvelee Beliaria, maanpiiriin hallitsijaa.* Kirjuri Josef kirjoitti kuninkaan käskyn ylös.

Samaan aikaan Jesaja rukoili lakkaamatta tyrmässään. Viereisistä selleistä kuului itkua, mutta Jesaja alkoi laulamaan. Joku muukin vangituista yhtyi lauluun ja pian vartijat tulivat hakkaamaan ovia. *Hiljaa, kuninkaan viholliset, koirat!* Joku vangituista huusi takaisin: *Etkö pelkää Israelin Jumalaa? Nyt olet kyllä niin mahtavaa, mutta entä sitten, kun kerran joudut*

Israelin Jumalan tuomioistuimen eteen, joka oikeudenmukaisesti tuomitsee jokaisen hänen tekojensa mukaan, luuletko välttäväsi sen? Vartija vastasi: *Minä tottelen kuninkaan käskyjä. Ja kyllä minäkin palvelen Israelin Jumalaa ja Moosesta, jota vastaan te kapinoitte!* Jesaja jatkoi lauluaan ja vartijat poistuivat luovuttaneena tyrmien luota.

Kuninkaan käskyläiset kiersivät Juudan kaupungeissa ja kylissä julistamassa, että kapinallinen Jesaja tullaan teloittamaan kappaleiksi sahaamalla, koska hän on moittinut hyväntahtoista kuningas Manassea ja tämän hovia ja neuvonantajia sekä heidän jumalanpalvelustaan ja saattanut Juudan sekasortoon ja vaaraan. Jesaja on myös noussut Moosesta vastaan ja korottanut itsensä tämän yli. Näin julistivat kuninkaan miehet kaikissa kaupungeissa ja kylissä. Kaikkialla kohistiin innostuneena Jesajan tulevasta teloituksesta, eikä kukaan tuntunut muistavan, että Jumalan mies oli ollut hurskaan kuningas Hiskian ystävä ja rukoillut paljon kansansa puolesta ja julistanut, että kerran on syntyvä Daavidin sukuun mies, joka pelastaa kansansa vihollisistaan ja vapauttaa pakanatkin synneistään. Edes temppelin papit eivät välittäneet, vaan hoitivat virkaansa kuten ennenkin, vain hieman vaivaantuen Manassen tuomista epäjumalien patsaista, mutta asiasta visusti vaieten. *Täällä saamme turvassa ja rauhassa hoitaa virkaamme ja voimme palvella Israelin Jumalaa! Jos kapinoisimme niin kuin Jesaja ja muut kiihkoilijat ovat tehneet, niin*

74

huonosti kävisi, ja koko temppeli joutuisi lopullisesti rappiolle. Näin papit selittivät itselleen ja toisilleen monijumalaisuuden ja sen, että epäjumalat tuotiin Herran temppelin yhteyteen. Ehkä joku heistä tiesi syvällä sisimmässään, ettei se, mitä he tekivät, tai varsinkaan mitä jättivät tekemättä, ollut oikein, mutta muiden mukana oli helppoa eksyä.

Jesaja itse odotti kuolemaansa tyynenä, silti toisinaan monissa ahdistuksissa. *Oliko julistukseni sittenkin vain itsekorostusta? Julistinko sittenkin vain omaa sanomaani? Tai olisiko pitänyt tehdä niin kuin muukin kansa; tyytyä Manassen uudistuksiin ja olla hiljaa, palvella Jumalaa pienessä piirissä, ilman meteliä, niin kuin temppelipapit tekevät? Mutta voisinko silloin kohdata Pyhän Jumalan viimeisellä tuomiolla, joka kaikki ihmiset oikeudenmukaisesti tuomitsee, joka ei hyväksy vilppiä tai vääryyttä, ei kaksinaamaisuutta tai teeskentelyä?* Näitä vanha profeetta pohti, mutta lopulta hänen mielensä oli tyyni: hän oli tehnyt oikein, mitenkään muuten hän ei olisi voinut toimia. Kuolemaa hän ei pelännyt, häväistystä kylläkin. Jesaja rukoili lakkaamatta ja lauloi Mooseksen virttä. Hän myös muisteli ystäväänsä Hiskiaa, joka oli erehtynyt usein, mutta aina palannut Jumalansa yhteyteen. Hän oli myös kertonut Hiskialle, että juuri hänen jälkeläisestään tulisi se, joka lunastaa Israelin kansan ja joka saa pakanatkin liittymään Herraan. *Kuinka voi olla, kun Manasse on noin jumalaton, pahempi kuin kukaan Israelin tai Juudan kuninkaista, pahempi kuin Omri tai*

Ahab, pahempi kuin ympäröivät pakanat! Jesaja oli myös estänyt Hiskiaa surmaamasta Manassea, ja nyt hän mietti, oliko se sittenkään ollut oikea neuvo. Niin paljon verta oli vuotanut, ja lapsia uhrattiin täysin avoimesti Ben-hinnomin laaksossa, ja Manasse itse oli polttanut oman poikansa tulessa... Ja nyt, hän oli kuullut, Manasse oli ylittänyt jälleen yhden rajan ja alkanut palvelemaan Beliaria, langennutta enkeliä.

9. Luku

Beliarin poika

Ja noituus ja magia lisääntyi ja ennustaminen, merkkien selittely, ja haureus ja oikeamielisten vaino, joita lisäsivät Manasse, Balkiira, kanaanilainen Tobia, Johannes Anatotista ja Saadok, tekojen päällikkö. Ja loput heidän teoistaan, katso, ovat kirjoitetut kuningasten kirjaan.

(Pseudagrafinen *Jesajan kuolema,* Tuomas Leväsen käännös)

Manasse juhli jo etukäteen sekä Jesajan tulevaa teloitusta että muutakin menestystä, mitä hänelle oli luvattu, kun hän alkaisi palvelemaan Beliaria, maanpiirin hallitsijaa. *Assyrialaiset eivät mahda minulle mitään,* kuningas julisti juovuspäissään pidoissa. *Vilpittömät ystäväni ja neuvonantajani, Tobia, Saadok ja Johannes, antoivat hyvän neuvon! Assyrialaiset eivät enää pompottele minua, Manassea, voideltua kuningasta, Hiskian poikaa ja Daavidin suvun vesaa!* Kirjuri Josef kirjasi kaiken ylös. *Josef, senkin ruosteinen naula haavassa, älä kirjoita kaikkea ylös, vaan ota viiniä ja juhli kuningastasi! Ottakaa häneltä kirjoitusneuvot pois!* Manassen huuto sai raikuvat suosionosoitukset ja juhlivat yltyivät raikuvaan nauruun samalla kun tunnelma muuttui entistäkin riehakkaammaksi. Tobia tempaisi Josefin kirjoitusneuvot tämän kädestä ja heitti ne lattialle. Tanssijatar peitti kirjurin silmät punaisella hunnullaan ja saliin tuotiin lisää orjia, nuoria poikia meikeissään ja loputtomasti tanssijattaria, joita kuningas oli ostanut tai ryöstänyt Juudasta tai pakanakansoilta. Soitto ja tanssi yltyivät ja Manasse humaltui yhä enemmän. Ilveilijät matkivat juopunutta kuningasta kun tämä tanssi villisti eunukkiensa, orjapoikiensa ja porttojensa keskellä Tobian, Saadokin ja Johanneksen taputtaessa käsiään, vahingoniloinen irvistys naamallaan kuin yllyttäen ja kutsuen tulevaa romahdusta. *Tuokaa maan jumalien papit tänne!* Manasse puki kasvoilleen puisen naamion ja tanssi yhä villimmin lähes alastomana kääpiöiden ja ilveilijöiden kantaessa hänen kuninkaallista päähinettään ja muita arvomerkkejä. Sitä ylimielisyyden, paatumuksen ja viinin huumaama kuningas ei tiennyt, että kaikki hänen sanansa joita hän juhlissaan lausui, kiirivät assyrialaisten korviin. Eikä sitä, että moni hänen juhlavieraistaan ja palvelijoistaan kantoi murhanhimoa häntä vastaan, odottaen sopivaa tilaisuutta.

Aamulla kuningas heräsi juhlasalin lattialta krapulaisena, ja välittömästi vierellä päivystävät palvelijat pukivat hänet ja saattoivat huoneeseensa lepäämään. Kuningas ei viitsinyt silmäillä ympärilleen ja välttyi näkemästä juhliensa sadon: oksennusta joka puolella, kaatuneita hedelmäastioita, viinin tahraamia vaatteita ilman omistajaa, sammuneita ihmisiä, verta, puunaamioita, kaatuneita patsaita, pöydän alla makaava kääpiö tanssijattaren kanssa, pöydän alla makaava palvelijatar sotilaan kanssa ja niin edelleen.

Illalla, levättyään ja toivuttuaan, kuningas kutsui jälleen kolme neuvonantajaansa luokseen. Manasse oli voidellut kasvonsa ja pukenut miekan ja rautaisen paidan ylleen näyttääkseen vakuuttavalta ja peittääkseen edelleen jatkuvan huonovointisuutensa. Hän aloitti kuuluvalla äänellä, mahtipontisuutta tavoitellen: *En halua maksaa enää veroa assyrialaisille, ja kirjuri Josef valittaa, että kassa on tyhjä vaatimattomien juhlieni ja sotilaiden palkkojen tähden. Assyrialaiset vaativat kuitenkin*

79

veroja yhä enemmän ja pitävät vartiotornien rakentamista ja sotilaiden varustamista uhkana itselleen. Mitä teemme? Tobia, Saadok ja Johannes vastasivat tällä kertaa Johanneksen suulla: *Herrani kuningas! Kysyköön kuningas Beliarilta, koko maanpiirin hallitsijalta neuvoa. Me kokoamme huomiseksi Beliarin papit ja antakoon taivaasta tullut enkeli kuninkaalle vastauksen, mitä teemme assyrialaisten kanssa.* Manasse vastasi innostuneena: *Tobian, Saadokin ja Johanneksen neuvo Jesajan suhteen oli hyvä, pian koittaa päivä, jolloin kuninkaan ja valtakunnan vihollinen teloitetaan. Kootkaa Beliarin papit huomiseksi, niin kysymme neuvoa siihen, miten voitamme assyrialaiset, ettei minun tarvitsisi enää maksaa heille veroja.* Kuninkaan neuvonantajat kuiskuttelivat kuninkaan edestä poistuessaan keskenään: *Neuvokaamme Beliarin pappia puhumaan seuraavasti...*

Beliarin neuvo

Seuraavan päivän iltana Manasse, Tobia, Saadok, Johannes ja Beliarin papit sekä kirjuri Josef olivat kokoontuneet Jerusalemin ulkopuolelle Beliarin synkälle palvontapaikalle, jonne kukaan ulkopuolinen ei uskaltanut tulla edes päiväsaikaan. Tulet paloivat hämärtyvässä illassa valtavan vuohta muistuttavan patsaan ympärillä ja papit hymisivät melodista hymniään. Manasseakin värisytti hieman, mutta hän oli innokas kuulemaan Beliarin neuvon. Illan pimetessä nopeasti papit vuodattivat uhriverta alttarille ja

Manassekin joi maljasta. Papit tanssivat ja jostain kuului outoa soittoa. Ylipappi soitti pientä, kädessään olevaa kulkusta ja kutsui Beliaria, maanpiirin hallitsijaa, taivaasta alas tullutta enkeliä. Musta messu jatkui tuntien ajan, ja yön tullessa ylipappi puhui jotain käsittämätöntä kieltä, joka kuulosti Manassesta jotenkin vastustamattomalta. Mumina jatkui jatkumistaan ja paikallaolijat tunsivat selvästi, että jotain erikoista oli tapahtumassa tai *jokin* oli lähestymässä. Sitten soitto ja tanssi taukosivat kuin ennalta sovitusti ja ylipappi kysyi: *Haluaako joku kysyä neuvon mahtavalta Beliarilta, taivaasta tulleelta, jolle on annettu valta yli koko maan piiriin?* Manasse vastasi: *Minä haluan.* Ylipappi kysyi: *Mitä haluat kysyä, kuningas Manasse?* Kuningas korotti ääntään: *Mitä teen assyrialaisten kanssa, jotka vaatimat minua maksamaan veroa ja vähentämään sotilaideni määrää ja jotka pitävät vartiotornien pystyttämistä vihamielisenä eleenä? Kuinka voitan heidät? Valtakunnan rahat ovat vähissä vaatimattomien juhlieni ja sotilaiden palkkojen tähden.* Ylipappi kohotti kätensä teatraalisesti ja alkoi puhua oudolla äänellä: *Kuningas kieltäytyköön maksamasta veroa assyrialaisille, mutta pitäköön valtakuntansa varat itsellään ja viihdyttäköön itseään edelleen juhlinnalla, maan jumalien ja Beliarin kunniaksi. Mutta sen kuningas tehköön, että keskeyttäköön hyvän tahdon eleenä tornien ja varustustensa rakentamisen ja lähettäköön osan sotilaistaan pois.* Kirjuri Josef kirjoitti kaiken tyynenä ylös, vaikka ylipapin suusta tullut neuvo tuntuikin hänestä täysin järjettömältä. Manassea neuvo taas miellytti: se ratkaisi rahaongelman ja hän saisi jatkaa juhlimistaan kuten ennenkin. Tobia, Saadok ja Johannes katsoivat toisiaan merkitsevästi ja loivat kenenkään näkemättä halveksuvan ja ivallisen ilmeen nuoreen kuninkaaseen, jota he nyt hallitsivat täydellisesti.

10. Luku

Jesajan kuolema

Ja Balkiira tunnisti ja näki Jesajan paikan ja profeetat, jotka olivat hänen kanssaan, sillä hän vaelsi Betlehemin ympäristössä, ja oli Manassen kannattaja.

(Pseudagrafinen *Jesajan kuolema,* Tuomas Leväsen käännös)

Jesaja tuotiin kansan eteen kahlehdittuna. Kuningas sekä koko hovi oli kokoontunut teloituspaikalle. Katala Balkiira seisoi kuninkaan vasemmalla puolella syyttämässä Jesajaa: *Tämä Jesaja, joka esiintyy Israelin Jumalan profeettana, on nostattanut eripuraa ja levottomuutta Juudassa ja Jerusalemissa sanoen Jerusalemia Sodomaksi ja moittien ja hirvittävällä tavalla haukkuen ja kiroten sinua, voideltu kuningas Manasse. Hän on nostanut itsensä Mooseksen yläpuolelle ja sanonut: olen suurempi kuin Mooses, joka johdatti kansansa Egyptistä ja joka antoi lain Siinain vuorella. Lisäksi Jesaja yllytti muutkin kiihkoilijat kanssaan vuorille, jossa he olivat juonittelemassa kuningasta vastaan. Minä itse löysin heidät.* Palkatut huutajat alkoivat nyt villitsemään kansaa ja jotkut repivät vaatteensa ja sirottivat tuhkaa päällensä kuninkaan edessä maahan heittäytyen ja äänekkäästi itkien. Nuoret pojat heittelivät Jumalan miestä hevosenlantakokkareilla ja ilmeilivät. Manasse kysyi: *Mitä vastaat Balkiiran syytöksiin, joka vilpittömästi ja rakkaudesta kuningasta ja kansaa kohtaan tiedotti Jesajan, kapinallisen kansan kiihottajan olinpaikasta vangitakseni sinut, " profeetta" Jesaja?* Jesaja oli hetken aikaa vaiti ajatellen ensin olla vastaamatta lainkaan syytöksiin tässä naurettavassa näytösoikeudenkäynnissä, jonka tulos oli jo kauan sitten päätetty. *Minä en ole kiihottanut kansaa, mutta sen olen todella sanonut, että Jerusalem on kuin Sodoma ja kansa kuin Gomorran kansaa. Sen voit sinä, kuningas itse havaita kun katsot minne tahansa, kaduille, omaan palatsiisi tai*

84

makuuhuoneeseesi! Nyt vartiomies löi Jesajaa kasvoille. Kuningas sanoi: *sahatkaa tuo Jumalan pilkkaaja palasiksi!* Nyt yhä useampi repi vaatteensa Jesajan sanojen tähden ja sirotti päälleen tuhkaa astioista, joita paikalle oli varta vasten tuotu. Sontakokkareet lentelivät. Jesaja työnnettiin aukiolle tuodun onton puunrungon sisään ja kaksi pyöveliä alkoi sahaamaan puuta hitaasti. Yleisö odotti henkeään pidätellen, mitä seuraavaksi tapahtuu ja Manasse ilahdutti itseään viinillä. Pyöveleiden sahatessa katala Balkiira tuli Jesajan luokse ja sanoi: *Jos peruutat kaikki sanasi, niin käännän kuninkaan pään ja pelastat henkesi. Jos sanot: Balkiiran ja hänen ystäviensä ja kuninkaan neuvonantajien teot ovat oikeat ja kuninkaan teot ovat hyvät ja kaikki aiemmin sanomasi on valhetta, niin puhun kuninkaan ympäri ja pelastat henkesi.* Mutta Jesaja vastasi Balkiiralle: *Sinä et voi minun henkeäni pelastaa.* Balkiira meni pois ja Jesaja rukoili siten, että huulet liikkuivat, mutta mitään ääntä ei tullut. Lopulta hän kuoli ja kansa poistui paikalta pettyneenä. Myös Manasse, sekä Tobia, Saadok, Johannes ja Balkiira poistuivat aukiolta viiniä juoden.

Huonot uutiset

Manasse raivosi palatsissaan. Jesajan kuolema ei ollut vaikuttanut toivotulla tavalla kansaan, vaan yleisö oli ollut joko välinpitämätöntä tai pettynyttä, koska Jesaja ei ollut peruuttanut sanojaan tai edes valittanut tuskaansa. Assyrialaiset olivat lähettäneet diplomaattejaan Jerusalemiin, mutta he olivat käyttäytyneet nuoren kuninkaan mielestä töykeästi ja vähätelleet hänen arvovaltaansa. Sotilaiden vähentäminen ja tornien rakentamisen keskeyttäminen tai assyrialaiset jumalankuvat hyvän tahdon eleenä eivät olleet lepyttäneet Assyrian kuninkaan vihaa. Myös verojen kerääminen Juudan kansalta oli vaikeutunut kansan yltyvän epärehellisyyden takia ja jatkuvasti valitettiin yltyvästä rikollisuudesta; varkauksista, ryöstöistä, raiskauksista ja murhista, joita Jerusalemissa ja muualla Juudassa tapahtui keskellä päivääkin kenenkään estämättä. Manasse oli myös kuullut, ettei Israelin Jumalan palvelijoina esiintyvä joukko profeettoineen ollutkaan kokonaan hajaantunut, vaikka hän oli luullut Jesajan kuoleman ratkaisevan ongelman. Hän oli kuullut huhuja jopa siitä, että temppelipapit olisivat alkaneet moittia Jumalan temppelin yhteyteen tuotuja patsaita. Tätä huhua Manasse tosin piti liioiteltuna tai sepitettynä. Silti hän muisti, kuinka kuningas Ussian aikana rohkeat papit olivat estäneet itseään kuningasta tulemasta temppeliin tekemään sopimattomia. Kuninkaalle kuitenkin vakuuteltiin, ettei papeista olisi mitään vaaraa. Hän kutsui Tobian, Saadokin, Johanneksen ja Balkiiran luokseen, mutta nämä viivyttelivät. Lopulta Manassen saamat huonot uutiset saivat huipennuksensa: Assyrian joukkoja oli tullut Juudaan ja saattue lähestyi Jerusalemia kenenkään estämättä.

11. Luku

Narrikuningas

Silloin Herra lähetti heidän kimppuunsa Assyrian kuninkaan sotapäälliköitä. He panivat Manassen kahleisiin ja veivät hänet nenärenkaasta taluttaen Babyloniin.

(2. Aikakirja 33: 11.   Vuoden 1992 käännös)

*Juudan kuningas Manasse on kapinoinut Assyrian hyväntahtoista valtakuntaa vastaan ja kieltäytynyt maksamasta veroa Assyrian kuninkaalle. Manasse on myös syyllistynyt veritekoihin omaa kansaansa vastaan ja vuodattanut paljon verta Jerusalemissa saaden ympärillä olevat kansat kauhistumaan ja vaatimaan Assyrian kuningasta puuttumaan Manassen julmuuteen. Manasse, tuo kurja koira, on häväissyt ylhäisiä vaimoja ja ryöstänyt neitsyet hoviinsa sekä saattanut maaseudun väestön pakenemaan ja pyytämään apua hyväntahtoiselta Assyrian kuninkaalta. Manasse on palvonut pahoja henkiä ja jopa itseään pääpaholaista ja saattanut naapurikansat kauhistumaan. Manasse on...*Syytöksien lista, jonka kuninkaan lähettämä sodanpäämies luki kaiken kansan kuullen, tuntui loputtomalta. Manassea syytettiin vihamielisyydestä Assyriaa kohtaan ja että Assyria koki Manassen vähälukuiset sotilaat itsellen uhaksi. Silti osa syytöksistä oli myös täysin oikeita. Sitä Manasse, syrjäytetty Juudan kuningas, ei itse kuitenkaan nähnyt, eikä kansa sitä, että hänen ja Juudan rikoksia käytettiin nyt tekosyynä Assyrian miehitykselle.

Manasse seisoi sodanpäämiehen edessä kahlehdittuna ja hänen nenäänsä oli laitettu nenärengas, josta lähti ketju. Ketjua hallitsi mustaihoinen eläintenkouluttaja, jonka toisessa kädessä oli vitsa. Manassella oli edelleen vaatteensa, mutta kaikki valtamerkit ja kuninkaallinen päähine, jopa Pazuzua kuvaava kaulaketjukin, jota hän oli käyttänyt assyrialaisia mielistelläkseen, oli riisuttu. Kansa seisoi kauempana ja osa kuninkaan hovista oli vangittu, mutta osa edelleen vapaana. Myös sotilaita ja muuta kansaa oli sidottu kahleilla ja asetettu riveihin Manassen taakse. Tobia, Saadok, Johannes ja katala Balkiira olivat paenneet jo ennen asyrialaisten tuloa, samoin kuin noidat, taikurit, Beliarin papit, jotka olivat kuin ihmeen kaupalla onnistuneet piileskelemään Hiskiankin aikana. Samoin olivat paenneet vainajahenkien manaajat, baalien papit ja ennustajat. Osa eunukeista, hovipojista, ilveilijöistä, kääpiöistä, soittajista, tanssijoista ja kuninkaan koko haareemi vietiin Baabeliin Assyrian kuninkaan hoviin. Manassen päävaimo Meshullemeth ja leskikuningatar saivat jäädä Jerusalemiin palvelijoidensa ympäröimäksi. Kirjuri Josef seisoi sodanpäämiehen vieressä kirjoittaen tunnollisesti ylös kaiken, mistä Manassea syytettiin ja mitä Jerusalemin ja Juudan asukkaille annettiin tiettäväksi.

Manassea pilkataan

Onneton kuningas seisoi kahlehdittuna ja nenästään sidottuna kansan edessä. Sitten kuninkaallinen pääilveilijä tuli esiin puettuna Manassen kuninkaalliseen päähineeseen ja arvomerkkeihin. Hän huusi: *Eläköön kuningas Manasse, haiseva sika ja koira, ylhäisten naisten ja neitsyiden häpäisijä, kansansa murhaaja, kapinoitsija ja pahojen henkien palvoja!* Kansa vastasi huutoon naurunremakalla ja sontakokkareet lensivät siistissä kaaressa kuin nuolet Manassea kohti. Syrjäytetty kuningas ei voinut liikahtaa nenärenkaansa tähden, jota mustaihoinen eläintenkesyttäjä oli koko ajan valmiina vetämään.

Assyrialaiset sotilaat soittivat torvea, ja rumpujen kumistessa saattuetta lähdettiin Manassen edellä kulkiessa kuljettamaan kohti Baabelia. Pojat ilmeilivät, ja sotamiehet joutuivat suojautumaan kilpiensä taakse sontakokkareita ja kiviä, joita Manassea kohti heitettiin. *Petturi! Sika! Koira! Murhaaja! Sodomalainen! Paholaisen palvoja! Sinä ryöstit tyttäreni! Sinä tapoit poikani! Sinä poltit kotimme! Sinä saatoit vihan tämän kansan päälle!* Assyrialaiset sotilaat pitivät kuitenkin järjestyksen eikä kansan raivo yltynyt mellakoinniksi. Manasse oli järkyttynyt. *Missä ovat kaikki ystäväni ja neuvonantajani? Missä ne, jotka osoittivat minulle suosiotaan? Missä kannattajani, miksi tämä kansa vihaa minua? Missä äitini?*

Manasse talutettiin Jerusalemin ja Juudan halki jalan, mutta sitten hänet nostettiin vaunuihin, johon tuli luonnollisesti myös mustaihoinen eläintenkesyttäjä ketjuineen ja vitsoineen. Lopulta Manasse saapui Baabeliin. Hän oli luullut koko matkan, että hän saisi tavata itsensä Assyrian kuninkaan, mutta tätä kunniaa ei hänelle suotu. Sen sijaan häntä talutettiin nenärenkaasta pitkin katuja ja heitettiin haisevaan tyrmään turvaan raivostuneilta maamiehiltään, jotka yrittivät tappaa hänet. Assyrilaiset sodanpäämiehet ja muu ylhäisö haki hänet joskus huvikseen vankilasta, ja he juoksuttivat häntä pitkin katua tai veivät hänet näytille juhliinsa, jossa ilveilijät matkivat Manassea ja ylhäiset naiset sylkivät häntä kasvoille pilkaten ja nauraen.

Tyrmä

Lopulta syrjäytetty kuningas jätettiin tyrmäänsä eivätkä viidenkymmenpäämiehet, kymmenenpäämiehet tai edes sotamiehet jaksaneet pilkata häntä kyllästyttyään. Ainoastaan rotat olivat hänen seuranaan, ja ne saivat nimetkin: suurin oli Beliar, rottien johtaja, sitten Tobia, Saadok, Johannes ja Balkiira. Joillekin muillekin rotille Manasse antoi nimet, mutta nämä viisi vierailivat useimmin hänen tyrmässään, tai oikeammin asuivat siellä. Manasse puhkesi lohduttomaan itkuun.

12. Luku

Vuonna 644 eKr.

No niin, nyt pääsemme viimein kronologiseen järjestykseen, nuori kirjuri kommentoi tyytyväisenä kuninkaan tähän asti kertomaa. Vanha kuningas istui hiljaa, kuin muistoihinsa jääneenä. Sitten hän havahtui ja kysyi: *Poikani, järkyttääkö tämä, mitä olen tähän asti kertonut, sinua? Olethan vasta nuorukainen...*Kirjuri vastasi: *Ei isäni kuningas!* Sitten hän oli hetken vaiti kuin punnitakseen sanojaan. *Minulle kerrottiin jo lapsena kauhutarinoita teistä, isäni kuningas Manasse. Kerrottiin, että surmasitte joka sapatti yhden pikkulapsen, jonka olitte ryöstäneet kaikkein köyhimmältä leskivaimolta, jonka kätyrinne löysivät, ja että äitinne asui*

92

haareemissanne, ja synnytti kauhean olennon, joka oli puoliksi sika, puoliksi vuohi, ja vielä tänäkin päivänä tuo hirvitys säikyttelee paimenia ja matkalaisia erämaassa ja vuorilla.... Manasse katseli nuorta kirjuria naama peruslukemilla, vain vähäinen hymynkare suupielessään, jonka vain tarkkasilmäisin olisi saattanut heikosti havaita. Pitkän ajan kuluttua, kuin sanojaan äärimmäisen huolellisesti punniten, hän vastasi: *On lohdullista todeta, että tekojani on myös liioiteltu, etten ole tehnyt aivan kaikkea mistä minua syytetään, mutta totta puhuen, eivät nuo tarinat kovin kaukana totuudesta ole... helpompi olisi luetella ne synnit, joita en ole tehnyt.*

Vanha kuningas ja nuori kirjuri istuivat vaiti kuin leväten ja voimiaan kooten. *Isäni kuningas, voin tulla myöhemmin uudestaan jatkamaan, jos haluatte levätä....* Manasse keskeytti nuoren kirjurin ehdotuksen: *Ei! Haluan ehdottomasti kertoa tämän tarinan niin nopeasti kuin suinkin. Aavistan, että minulla ei ole enää paljoakaan päiviä jäljellä.* Sitten hän piti tauon ja jatkoi: *Rakas vaimoni, kuningatar Meshullemeth siirtyi vastikään odottamaan sitä päivää, kun kaikki elävät ja kuolleet asetetaan Hänen eteensä, joka istuu suurella valtaistuimella ja joka näkee jokaisen ihmisen sydämeen, eikä minullakaan ole paljoa aikaa. Kuka tietää, kuolenko edes omassa sängyssäni vai vihamiesteni kätten kautta, kenties niiden, jotka täällä palatsissa asuvat kanssani?* Sitten oveen koputettiin. Viidenkymmenenpäämies kuninkaan henkivartiostosta ilmestyi sotamiehen avaaman oven taakse. *Herrani kuningas! Onhan kaikki hyvin, huoneessa oli kovin hiljaista...*Manasse viittasi kädellään ja vastasi: *On, poikani, kaikki on hyvin. Ja mitä minulle voisi sattua, kun sotamies, jonka olet itse valinnut, seisoo oven takana, ja seurassani on vain nuorukainen, jolla ei edes kasva parta?* Ovi suljettiin ja kuningas päivitteli huvittuneena: *Viidenkymmenenpäämies antaa minun juuri ja juuri mennä käymälään yksinäni, mutta muuten seuraa minua kuin varjo! Jopa makuuhuoneessani seisoo vartija sänkyni vieressä ja palatsin kokit hän laittaa tyrmään jos ruokiani katsookin joku ulkopuolinen.. Mutta oikeassahan hän on, minulla on lukemattomat määrät vihamiehiä; katkeroituneita sotilaita, katkeroituneita temppelipappeja, katkeroituneita etiopialaisia, katkeroituneita baalien pappeja ja muita huijareita, katkeroituneita vaimoja...kansa vihaa minua sekä nuoruuteni tekojen tähden että sen tähden, kun käskin heidän palvella ainoastaan Israelin Jumalaa ja yritin lakkauttaa epäjumalanpalveluksen...*

Istuttuaan aikansa hiljaa Manasse alkoi jälleen puhua siitä, kun hän oli assyrialaisten vankina, ja nuori kirjuri hypisteli kirjoitusneuvoja malttamattomana. *Niin, olin siellä tyrmässä niiden inhottavien rottien, Beliarin, Tobian, Saadokin, Johanneksen ja Balkiiran kanssa, kun naapuriselliini tuli outo mies....*

13. Luku

Outo mies

Manasse kuunteli. Jostain kuului hepreankielistä puhetta, kuin rukousta. Vai oliko vain jotain hullun houretta? Olihan hän itsekin alkanut puhua tyrmässään asuville rotille, jotka yrittivät jatkuvasti kähveltää hänen vähäistä ruokaansa, kuin he olisivat todella hänen petolliset ystävänsä ja viheliäiset neuvonantajansa. Ainoana erona oli, että Manasse piti rottia heitä parempina. Oliko joku tyrmään tuotu vanki siis menettänyt järkensä vai oliko hän itse lopullisesti kadottamansa vielä jollain tapaa jäljellä olevan mielensä?

Uskovaisen miehen rukous

Rukous tai puhe tuntui jatkuvan loputtomiin, ja korviaan höristäen vangittu kuningas alkoi erottamaan jo joitakin sanoja. Välillä käytävältä kuului kolinaa ja hän kadotti sanat ja välillä ääni vaikeni hetkeksi, mutta sitten hän erotti taas jotain...... *Herra, Kaikkivaltias, Israelin Jumala...Armahda kansaasi, armahda kansaasi, armahda kansaasi...Me olemme häväisseet temppelisi.... polttaneet poikiamme ja tyttäriämme tulessa....jumalaton Manasse hoveineen on eksyttänyt kansasi, jonka sinä... toit Egyptistä...ja annoit lakisi....Siinain vuorella...joka teki kultaisen vasikan.... ja kuitenkin sinä armahdit meitä.... vaikka me olimme niskurit...vaikka kansasi nousi kapinaan Moosesta vastaan....sinä Herra, joka....hukutit faraon...ja....sotajoukot....joka surmasit esikoiset...ja teit pimeyden...Egyptin...maahan...jonne Josef oli joutunut orjaksi......jota isämme Jakob...suri...Jakob..joka oli syntynyt...Iisakille...joka........oli................ syntynyt...satavuotiaalle Aabrahamille....jota Melkisedek...siunasi...joka rukoili häijyjen sodomalaisten...puolesta...joiden...............rikkaat....... kaupungit... Jumala...tuhosit...vaikka maa oli hedelmällinen...jonka Nooan Jumala...olit antanut...vihannoida uudelleen...vedenpaisumuksen jälkeen...kun tuhosti...maan...niin kuin..hurskas Enok ennusti...joka oli Adamista seitsemäs...jonka vanhin poika...Kain..tappoi veljensä..Abelin...joka oli hurskas...*Sitten oli lyhyt tauko, mutta Manasse kuunteli niin tarkkaan kuin kykeni, herkeämättä. Sitten rukous jatkui jälleen: *...Niin teki myös...jumalaton Manasse...joka tappoi......kaikki.... profeetat...ja*

96

vainosi...hurskaita...ja...saastutti   temppelin...ja..teki.......kuvan....   väärän

jumalanpalveluksen....niin   kuin...Kain...pahan....Manasse

...on...vihastuttanut...Israelin...Jumalan...epäjumalillaan...ja...saattanut.....s

inun....vihasi...tämän...kansan.....päälle....ja....jonka

vuoksi....Jerusalem...tuhotaan...ja....kansa...viedään...pois...mutta

aikojen...lopussa....se..

palaa..Israelin...Jumalan...yhteyteen...mutta...vieraat

kansat...hallitsevat...ja.................vasta...............vasta...aikojen

lopulla....he...kääntyvät....Itkien....he....tulevat...ja....sinä.....kuulet

heitä...ja.....sinä..armahdat...kansaasi...ja

pakanoita...jotka..ovat..liittyneet..heihin...eikä.....ole

enää...vieraita...jumalia...Herran..temppelissä...

Manasse kuunteli siihen asti, kunnes käytävältä kuului jälleen ääniä. *Vaiti, koira!* Orjat tyhjensivät yöastioista, mutta eivät kaikista selleistä. Manassen sellin luukku avautui ja tuimat silmät tuijottivat jälleen. Orjat tyhjensivät hänen yöastiansa ja lammaskeitto laskettiin lattialle. Sitten tyrmän ovi suljettiin ja jonkin ajan kuluttua oli jälleen suhteellisen hiljaista. Manasse söi edelleen harkitun hitaasti ja säästeliäästi, vaikka ruoka näyttikin nyt tulevan säännöllisesti. Samalla hän kuulosteli, uskaltaisiko uusi vanki aloittaa rukouksensa vai onnistuivatko assyrialaiset pelottelemaan hänet hiljaiseksi.

Hiljaisuus jatkui jatkumistaan. Oli taas ilta. Kenties mies oli kuollut tai nukahtanut? Harva asukas näistä selleistä pääsi elossa pois. *Olivatkohan assyrialaiset antaneet poloiselle kelvollista ruokaa*, Manasse huomasi ajattelevansa. Yö lähestyi ja tyrmässä viruva kuningas kuulosteli edelleen. Hän ei ollut kuullut viikkoihin heprealaista puhetta, ja hän odotti malttamattomasti rukouksen jatkumista. Mitään ei kuitenkaan kuulunut.

Yöllä vangittu Juudan hallitsija näki unta. Sekavaa, hämyistä unta. Iloiset juhlat. Sitten tunnelma muuttuu yhtäkkiä painostavaksi, ahdistavaksi. Lukemattomat kädet tarrautuivat häneen, repien. Tummat kasvot tuijottivat häntä vihaisesti, ja suut avautuivat syyttäen ja kiroten. Jostain kuului pienen lapsen itkua. Hän näki naisen, jonka kasvot oli peitetty harsolla. Jostain kuului soittoa. Musta vuohi. Tobia, Sadok, Johannes ja katala Balkiira nauroivat vahingoniloisesti. Ilveilijä matki, pojat ilmeilivät. Sitten mies kamelinkarvaisessa viitassa. Palavia taloja. Juopuneita. Jerusalem tulessa. Temppeli tulessa. Liitonarkki. Kansa kytketty kahleisiin. Jälleen mies profeetan asussa. Egypti. Naurua, kuin naisen, mutta sitten kuin petoeläimen. Manasse heräsi järkyttyneenä.

Oli aamuyö. Rotat rapisivat. Sitten hän kuuli jälleen äänen. *...Sinä Herra....Israelin...Jumala...älä kokonaan hävitä...meitä....armahda meitä...armahda....meitä...älä...anna........meille tekojemme...mukaan...älä......anna meidän...lopullisesti...tuhoutua...ja*

98

joutua....vihollistemme...pilkaksi....sinä

yksin...olet...Pyhä....armahda....vaikka......syntimme...ovat

suuret....ja...vaikka....jumalaton....Manasse....hurskaan

Hiskian....poika....toi...epäjumalat....temppeliisi...ja

tappoi...neitsyet...ja..imeväiset...häväisi....ryösti...orvot...ja

tämä...kansa...iloitsi....ja...juhli...ja...papit....hylkäsivät...sinut....eivätkä...nu

hdelleet kansaa...armahda...meitä...

Illalla Manasse ei voinut enää hillitä itseään, vaan huusi: *Sinä, kuka olet?* Vastausta ei kuulunut. *Veljeni, kuka olet?* Vastausta ei kuulunut vieläkään. Kun Manasse keskiyöllä, kun oli aivan hiljaista, huusi kolmannen kerran, mies vastasi: *Olen Benjamin, Anatotista. Assyrialaiset....polttivat.....taloni......ja......vangitsivat minut...vaimoni..lapseni...tyttäreni..ovat heidän käsissään...he tulivat vangitsemaan...jumalatonta Manassea...*Sitten pitkä tauko. *Kuka sinä olet...oletko ollut täällä kauan...*Manasse epäröi. *Olen...assyrialaiset vangitsivat minut...*Taas hiljaista.

Aamulla Manasse kuulosteli jälleen. Normaalit vankilan äänet kuuluivat taustalta. Häntä pelotti, eikä nukkumisesta ollut tullut mitään. Kuinka hän kaipasikaan ääntä. Mutta hänen olisi pakko paljastaa itsensä...Jotain oli alkanut tapahtua Manassen sydämessä, osittain jo ennen, mutta erityisesti uuden vankilan asukkaan vaikutuksesta. Kuinka hän yhtäkkiä kaipasikaan lapsuuttaan, sitä, kuinka he olivat isänsä kanssa menneet yhdessä temppeliin, sitä, kuinka kymmenenpäämies Josia oli opettanut häntä ratsastamaan, ja kuinka he olivat miekkailleet puumiekoilla, ja Josia oli antanut hänen joskus tahallaan voittaa. Ja sitäkin, kuinka tylsä kirjuri Josef oli yrittänyt opettaa hänelle kirjoittamista ja tähtitiedettä. Sitä, kuinka hänelle oli kerrottu Israelin kansan vaelluksesta autiomaassa, ja kuinka etiopialaiset palvelijat olivat leikkineet piilosta palatsin puutarhassa hänen kanssaan. *Missä ovat etiopialaiset palvelijat, missä Josia?* Manasse tunsi yhtäkkiä valtavaa syyllisyyttä. Syyllisyyttä, joka oli ennen ollut kuin porttien takana, jossain lukkojen takana, piilossa. Hän puhkesi jälleen lohduttomaan itkuun.

Veljeni, veljeni! Hiljaisuus. *Veljeni, veljeni!* Sitten kuului ääni: *Minä kuulen, kuka olet, veljeni?* Manasse vastasi itkuun purskahtaen: *Minä olen kuningas Manasse, joka tuhosin oman kansani ja kannoin epäjumalien kuvat Herran temppeliin...*Sitten hän ei voinut enää jatkaa. Enää ei kuulunut mitään ääniä, ainoastaan hiljaisuus. Illalla hepreankielinen rukous jatkui, mutta vangittu kuningas vajosi sekavaan unihoureeseen äärimmäisen ahdistuneena.

Manasse heräsi ääneen. *Kuningas Manasse, kuningas Manasse!* Manasse vastasi: *Minä kuulen!* Heprealainen aloitti: *Oletko tyytyväinen tekoihisi, kuningas Manasse?* Manasse mietti hetken, ja vastasi: *En ole, minä olen tehnyt suuren synnin! Neuvonantajani veivät minut harhaan...He saattoivat minut tekemään syntiä, minä tahdoin kansani parasta.....Kuinka voit saada syntisi anteeksi, jos jatkat pahojen tekojesi puolustelua?* Heprealaisen ääni oli tiukka mutta rauhallinen. *Kuningas Daavid katui, ja hän sai anteeksi murhan ja huoruuden synnin. Hän ei puolustellut tekojaan Naatanin edessä.* Manasse oli vaiti. Hän ei tiennyt, mitä sanoisi. Hän tiesi kyllä sisimmässään tehneensä väärin, mutta syytti katalia neuvonantajiaan enemmän kuin itseään ja jopa uskotteli itselleen, että hän olisi toiminut väärin tehdessäänkin muka kansansa parasta- eikä itsensä parasta- ajatellen. Syvällä sisimmässään nuorukainen tiesi, mitä hänen olisi tehtävä, mutta jokin esti häntä.

Manasse heräsi jälleen kammottaviin painajaisiin. Nyt hän oli nähnyt pimeyden ja kauheat liekit. Hänestä tuntui, että tämä tyrmä oli pientä sen rinnalla, mikä häntä odotti. Kuningas oli kauhuissaan. Epätoivo, pelko ja katumus täyttivät hänen mielensä. Hän mietti. *Naatan julisti Daavidille anteeksiannon sanat. Voisiko tuo outo mies, vähäinen maanviljelijä, lohduttaa häntä?* Hän huusi huutamistaan: *Veljeni, vejeni!* Kauan huudettuaan hän kuuli askeleita. Oven luukku avautui ja tuimat silmät tuijottivat. *Mitä huudat, Manasse, kansasi vihaama petturi?* Manasse vastasi: *Yritin huutaa tuolle viereisessä kopissa olevalle heprealaiselle, puhuakseni hänen kanssaan.* Vartija vastasi: *Turhaan huudat. Se koira kuoli viime yönä.* Luukun kolahdettua kiinni Manasse vajosi istumaan täydellisen epätoivon vallassa. Hän alkoi miettiä tapaa jolla surmaisi itsensä, mutta jokin suunnaton pelko esti häntä toteuttamasta aiettaan.

14. Luku

Valonpilkahdus

Ahdingossaan Manasse koetti lepyyttää Herraa, Jumalaansa, ja nöyrtyi isiensä Jumalan edessä.

(2. Aikakirja 33:12.   1992 käännös)

Manasse itki katkerasti ja rukoili polvillaan tyrmän lattialla. *Israelin Jumala, syntini ovat suuremmat kuin meren santa ja olen rikkonut käskyjäsi vastaan. Olen tuonut epäjumalien kuvat temppeliisi ja vuodattanut viatonta verta. Olen saastuttanut itseni ja johdattanut kansani synteihin, joita ympärillä olevat pakanatkaan eivät tee. Armahda oi Herra, armahda, sillä onhan laupeutesi suuri...*

Lopulta Manassen silmistä ei vuotanut enää kyyneleitä ja tuntui, että hänen sisimmässään ei ole mitään tunteita. Tätä jatkui päivästä toiseen. Hän nukkui entistä levottomammin, koska nukahtaminen pelotti. Hän vaipui ikään kuin horrokseen, josta heräsi joko kylmyyteen, joka tuli läpi kamelinkarvaisen viitan tai kipuun, jonka Beliar tai jokin muu rotta aiheutti puremalla hänen ukkovarvastaan. Häntä myös kauhistutti pukea kamelinkarvaista viittaa päällensä, koska siitä tulivat voimakkaasti mieleen Jumalan miehet, joita hän vainosi ja tappoi. Kuningas söi nopeasti vain hengissä pysyäkseen. Jokin voima sai hänet sinnittelemään, vaikka elämänhalu oli jo lähes loppunut.

Toivo herää

Eräänä yönä hän näki jälleen unen. Valkopukuinen mies, joka seisoi korkealla vuorella. Vuorelle oli kokoontunut ihmisiä kaikista kansoista, jotka Manasse suinkin tiesi ja muistakin. Jostain kuului kaunista laulua, jossa laulettiin Karitsasta ja voitosta. Manassekin seisoi vuorella ilman kahleita, valkoiseen pukuun puettuna.

Aamulla hän heräsi ja tunsi olonsa hieman paremmaksi. Sitten tapahtui yllätys. Oven luukku avautui ja sitten koko ovi. Manasse kutsuttiin käytävälle. Vartiopäällikkö seisoi odottamassa. Hän luki kääröstä: *Assyrian mahtava ja voittoisa kuningas on suuressa laupeudessaan päättänyt keventää Juudan kuningas Manassen vankeutta.* Manasselle annettiin puhtaat vaatteet ja hänet vietiin pois kellareissa sijaitsevasta kosteasta ja haisevasta tyrmästä rakennukseen, joka sijaitsi aivan vankilan lähellä. Hän sai suhteellisen ison huoneen, joka ei toki vetänyt vertoja hänen kuninkaalliselle palatsilleen, mutta ero aikaisempaan rottien kansoittamaan tyrmään oli silti melkoinen. Hän pääsi joka päivä ulkoilemaan omalle pihalle ja oven takana oleva vartiomies toimi samalla hänen henkilökohtaisena palvelijanaan. Hän pääsi käymälään pyytämällä ja ruoka oli runsaampaa. Hänelle annettiin myös vedellä laimennettua viiniä ja vesiastia peseytymistä varten. Huoneessa oli muurattu koroke, mihin hän sai laittaa nukkumapakkansa ja huoneessa oli pieni ikkuna, josta tosin näkyi ainoastaan viereisen rakennuksen seinä. Hän sai öljylampun ja maton, johon hän asettui rukoilemaan Israelin Jumalaa. Nyt rukoukseen oli tullut kiitos vankeuden huojentumisesta, mutta epätoivon ja katumuksen kyyneleet eivät olleet kaikonneet: *Armahda minua, armahda minua....Sillä sinä olet laupeudessasi rikas...*

Manasse huomasi, että assyrialaisten palveluksessa oli jonkin verran heprealaisia. Hän tapasi erään, joka oli elänyt pienestä pojasta asti Baabelissa. *Veljeni, voisitko toimittaa minulle Jumalan lain, tutkiakseni sitä täällä öljylampun valossa?* Heprealainen lupasi selvittää asiaa. Päiviä kului, ja lopulta Manasselle tuotiin kirjakäärö. Manasse luki aamusta iltaan, milloin ei syönyt, rukoillut tai ulkoillut. Samalla kun hän luki, hän myös rukoili.

Ulkona kävellessään vangittu, nyt tosin hieman kevyemmin pidetty Juudan hallitsija katseli pilviä, auringonpaistetta, lintuja ja kuunteli ympäristön ääniä. Sotilaiden komentoja toisilleen, kauempaa kuuluvaa kaupungin humua, syvältä maan alta kuuluvia vangittujen vaikerrusta. Manassea kylmäsi. Vielä hetki sitten hän oli itse ollut tyrmässä. Lisäksi hän aavisti, että vielä tyrmääkin syvemmällä oli jotain, minne hän ei halunnut joutua. Sisimmässään hän ei tuntenut vieläkään rauhaa. Mutta kuka voisi lohduttaa häntä Jumalan sanoilla? Heprealainen, joka oli tuonut joitakin Mooseksen tekstejä, ei vaikuttanut sellaiselta. Mies oli pukeutumiseltaan, kampaukseltaan ja ulkoiselta olemukseltaan lähellä assyrialaisia, eikä mies vaikuttanut Israelin Jumalan palvelijalta. Vaikka olosuhteet olivatkin parantuneet, syvä epätoivo yritti välillä ottaa vallan Manassesta.

Hän luki kääröä: *....Niin sinun pitää tietämän, että Herra, sinun Jumalas on Jumala, uskollinen Jumala, pitäväinen liiton ja laupiuden niiden kanssa, jotka Häntä rakastavat ja pitävät Hänen käskynsä , tuhanteen polveen. Ja kostaa niille, jotka Häntä vihaavat, kasvoinsa edessä, niin että Hän hukuttaa heitä, ja ei viivy kostamasta niille kasvoinsa edessä, jotka Häntä vihaavat...* Manasse ymmärsi, että Israelin Jumala on ankara, mutta toisaalta äärettömän armollinen. Vielä hän luki: *....Sillä minä, Herra sinun Jumalas, olen kiivas Jumala, joka etsiskelen isäin pahat teot lasten päälle, kolmanteen tai neljänteen polveen, jotka minua vihaavat; Ja teen laupiuden monelle tuhannelle, jotka minua rakastavat, ja pitävät minun käskyni...* Jälleen Manasse rukoili, joko äänellisesti tai hiljaa mielessään: *Herra, minä olen rikkonut kaikki käskysi, jotka Sinä annoit palvelijasi Mooseksen kautta, mutta Sinä olet mittaamattoman armollinen...armahda minua!* Tämänkaltaisesti Manasse siis rukoili.

Eräänä päivänä Manassen korviin kantautui huhu, että jotain olisi tapahtumassa ja Assyria olisi käynyt joitakin neuvotteluja Juudan ylimystön kanssa. Myös hän itse oli päätellyt, että assyrilaiset eivät olleet nöyryyttämisestä huolimatta halunneet surmata häntä; siitä todisti esimerkiksi jo tyrmässä parantunut ruoka, kamelinkarvaviitta sekä siirto kevennettyyn vankeuteen.

Eräänä päivänä hänen huoneeseensa ilmestyi vartiopäällikkö sekä assyrilainen sodanpäämies erilaisten kuninkaan edustajien kanssa. Hänelle luettiin teksti: *Assyrian laupias hallitsija on päättänyt, että Manasse, joka oli Juudan kuningas ja jonka rikosten, kapinoinnin sekä Juudan kansan ja ympäröivien kansojen valituksen tähden Assyrian täytyi puuttua hänen veritöihinsä, että Manasse palautetaan Jerusalemiin hallitsemaan omaa kansaansa. Hän palvelkoon kansaansa kunniallisesti ja maksakoon veroa Assyrialle, älköönkä enää nousko kapinoimaan.*

Samana iltana hovin eunukki toi Manassen luo orjatytön. *Assyrian laupias kuningas on suonut, että ennen raskasta matkaa kuningas Manasse saa ilahduttaa itseään...*Manasse vilkuili tyttöä hetken alta kulmiensa mutta käänsi sitten katseensa äkisti eunukkiin ja keskeytti: *En halua orjatyttöä.* Eunukki vastasi lievästi ivallinen ilme kasvoillaan: *Kuningas Manasse ei halua orjatyttöä, mutta ehkä hän haluaa...*Manasse vastasi niin tiukasti kuin uskalsi: *Ei, en halua nyt laupiaalta kuninkaaltanne mitään muuta, kuin että pääsen takaisin kotiin. Kiittäkää kuningasta kuitenkin huomaavaisuudesta.*

15. Luku

Manasse palaa Jerusalemiin

Kun Manasse rukoili Jumalaa, Jumala myöntyi hänen pyyntöönsä. Hän kuuli Manassen rukouksen ja johdatti hänet takaisin valtaistuimelle Jerusalemiin.

(2. Aikakirja 33: 13. Vuoden 1992 käännös)

Pitkä matka alkoi. Tällä kertaa Manasse sai kulkea hienoissa vaunuissa ja vaatetettuna kuninkaallisiin vaatteisiin hänelle annettujen palvelijoiden kanssa. Osa alkuperäisestä palveluskunnasta oli palautettu, mutta joukkoon oli annettu myös palvelijoita Assyrian kuninkaan hovista. Näihin Manasse ei luottanut, vaan arvasi, että ne oli laitettu valvomaan häntä. Haareemiaan hän ei saanut takaisin eikä suurinta osaa vartiosotilaistaan. Vaunusta Juudan kuningas näki poltettujen talojen rauniot ja pakolaiset, jotka kulkivat kylästä kylään ja kaupungista kaupunkiin. Tämän olivat " hyväntahtoiset" assyrialaiset tehneet hänen rikostensa tähden. Manasse ei uskaltanut kohdata heprealaisia vielä tässä vaiheessa. Pitkä matka jatkui jatkumistaan, ja valtaan palautettu kuningas tunsi toisaalta iloa kotiinpaluusta, toisaalta pelkoa. *Miten minut otetaan vastaan? Miten kohtaan palvelijani ja hovini, tai Juudan ylimykset? Miten vaimoni voi? Onko Jerusalemin temppeli vielä pystyssä?* Joitakin tietoja hän sai matkan edetessä, mutta erityisesti kansan kohtaaminen pelotti. Mutta kaikkein eniten häntä mietitytti eräs asia: *Mistä löydän Jumalan miehen, Israelin Jumalan palvelijan?*

Paluu Jerusalemiin

Jerusalemissa hänet otettiin vastaan kylmästi. Kadulla vartioivat sotilaat estivät kaikki mielenilmaukset. Silti yksittäisiä huuteluita kuului, mutta kivet tai sontakokkareet eivät tällä kertaa lennelleet. *Nyt se tulee takaisin, onkohan vielä yhtä mahtavaa! Minne jätit haareemisi? Opettivatko assyrialaiset sinulle tapoja?*

Palatsissa häntä odottivat Juudan ylimykset, palvelijat, kuningatar, kuningataräiti sekä kirjuri Josef.

Herrani kuningas! Assyrialaiset ovat laupiaasti palauttaneet sinut takaisin Jerusalemiin. Odotamme käskyjänne. Minä, kirjuri Josef, olen järjestänyt uuden palveluskuntasi ja huolehtinut palatsistasi poissa ollessanne. Vaimonne ja äitinne voivat hyvin. Juudan ylimykset mulkoilivat Josefia, joka otti kunnian kaikesta itselleen. Samalla kirjuri tutkaili uutta, Manassen mukana tullutta palveluskuntaa huolestuneena. *Mitä siis käskette, Herrani kuningas?* Tämä vastasi: *Haluan levätä. Tuokaa kuningatar luokseni sekä etsikää Jumalan mies.* Kirjuri Josef ei ymmärtänyt kunnolla kuninkaan käskyä. *Kuningas tietää, että Juudassa ei ole enää Jumalan miehiä, koska herrani kuningas...*Manasse kiivastui: *Tiedän kyllä mitä olen tehnyt, tappanut kaikki profeetat ja muut, jotka palvelevat Israelin Jumalaa täydestä sydämestään. Etsikää minulle silti sellainen!* Kirjuri Josef vastasi: *Etsin, mutta kuninkaan pyyntöä ei ole helppoa täyttää. Mutta mitä tulee toiseen pyyntöönne, kuningatar odottaa jo, että saa tavata teidät.*

Meshullemeth tuli Manassen eteen ja kumartui. Kuningattaren kasvoilla oli iloinen, mutta samalla jotenkin huolestunut ja kysyvä ilme. Meikkiä oli vain hieman ja vaatetuskaan ei varsinaisesti erityisen juhlavaa. Kuningattaren palvelijatar seisoi pelokkaan näköisenä taustalla. *Herrani kuningas! Te olette elossa!* Manasse ei tiennyt mitä olisi sanonut. Hän ei edes tunnistanut, oliko huomautus ilahtunut vai pettymyksestä kummunnut. Hän katsoi tutkivasti vaimoaan, ikään kuin miettien, mitä hovissa oli mahtanut tapahtua hänen poissa ollessaan. Todellisuudessa se ei kuitenkaan ollut hänen päällimmäinen ajatuksensa, vaan ikään kuin pieni näytelmä, jolla hän halusi esittää olevansa asioista perillä. Vain lyhyen hetken tuumailtuaan hän aloitti: *Olen miettinyt asioita ja tutkinut niitä kirjoituksia, joita Jumalan palvelija Mooses on koonnut ja tutkinut itseäni. En saa rauhaa, ennen kuin olen kohdannut Jumalan miehen!* Meshullemeth oli valtavan loukkaantunut kuninkaan sanoista, mutta peitti sen taitavasti. Hän poistui Manassen edestä omaan kammioonsa ylväänä.

Manasse rukoilee

Päivät kuluivat, ja Manasse istui kammiossa tutkien Mooseksen kirjakääröjä ja rukoillen. Hän ei syönyt herkullista ruokaa eikä juonut viiniä. Hän antoi välttämättömät käskyt mutta pysytteli muuten piilossa. Manasse odotti odottamistaan, epätoivon ottaessa melkein vallan. Toisaalta hän ajatteli: *Jumala kuuli minua ja toi minut takaisin Jerusalemiin, ehkä Hän kuulee minua ja antaa vielä kaikki syntini anteeksi.*

112

Manassen palvelijat suhtautuivat häneen pelonsekaisella inholla. Kirjuri Josef oli jatkuvasti vaivaantunut ja Meshullemeth loukkaantunut. Henkivartiokaarti oli korostetun valpas, koska pelättiin että kuningas salamurhataan. Viidenkymmennenpäämies ei luottanut sotilaisiinsa ja kuninkaallinen ruoanmaistaja oli pelon vallassa. Manasse oli ajanut ilveilijät ja tanssijattaret pois palatsista. Kuninkaallinen pääilveilijä oli etsintäkuulutettu, koska tämä oli häväissyt kuningastaan julkisesti. Kuningataräiti oli tavannut poikansa, mutta kohtaaminen oli ollut vaivaannuttavan tuntuinen. Huhut liikkuivat kansan seassa ja Jerusalemissa oli painostava tunnelma. Epäjumalanpalvelus jatkui ja rikollisuus rehotti, vaikka jonkinlaista kuria erityisesti pääkaupunkiin oli yritetty Manassen vähälukuisilla sotilailla saada. Ylimystön väitettiin kannattavan Manassea ainoastaan assyrialaisten vaatimuksesta. Temppelipapit olivat ymmällään ja huhut saivat yhä villimpiä muotoja. Assyrialaisten pelättiin jatkuvasti hyökkäävän ja valtaan palautetun kuninkaan mielenterveyttä epäiltiin. Huhuttiin oudosta hirviöstä, joka jotenkin liittyi Manasseen ja tämän äitiin ja joka pelotteli paimenia erämaassa ja vuoristossa. Supistiin, että Egypti suunnitteli jotain. Manasse oli kuulemma oikeasti kuollut tai edelleen Baabelissa ja nyt palatsissa esiintyvä mies oli todellisuudessa joku muu. Meshullemeth oli myös huhujen mukaan kuollut suruun ja kuningataräiti olikin maan todellinen hallitsija. Jesaja oli noussut kuolleista ja ennusti Jerusalemille ja Juudalle tuhoa. Taivaalla oli nähty outoja merkkejä ja linnut

113

lensivät kummallisesti. Petoeläimet eivät pelänneet ihmisiä ja Beliarin papit olivat kuulemma kokoontuneet jonnekin juonittelemaan. Lapsia oli huhujen mukaan siepattu. Manasse oli väitetysti armahtanut kuninkaallisen pääilveilijän ja sanonut: *Kaikki sinun sanasi olivat oikeat ja todet,* ja antanut tälle tuhat kultarahaa. Naureskeltiin, että palatsin henkivartioston päällikkö seurasi kuningasta jopa käymälään ja heitti kuninkaalliset kokit tyrmään, jos joku edes katsoikin kuninkaalle tarjoiltavia ruokia luvatta. Erilaiset merkkientulkitsijat kertoivat kansalle rahaa vastaan, mitä oli tapahtuva. Villeimpien väitteiden mukaan temppelipapisto olisi alkanut vaatia epäjumalien poistamista Israelin Jumalan temppelialueelta ja että kuningas Manasse istui säkkiin puettuna ja paastoten kammiossaan lukemassa Mooseksen lakia. Kuningas noudatti kuulemma reekabilaisten tapoja. Tähän monikaan ei tosin uskonut. Moni oli nähnyt unta, milloin sellaisen, että valtakuntaa kohtasi jokin onnettomuus, milloin taas, että nyt oli alkamassa uusi kukoistuksen aika. Kaikki odottivat jotain tapahtuvaksi.

16. Luku

Jumalan mies

Silloin Manasse ymmärsi, että Herra on Jumala.

(2. Aikakirja 33: 13.   Vuoden 1992 käännös)

Manasse todella istui kammiossaan säkkiin puettuna ja paastoten, tutkien jatkuvasti Mooseksen lakia. Epätoivo ja kiitollisuus risteilivät nuoren kuninkaan mielessä: toisaalta hän oli kiitollinen että Jumala oli palauttanut hänet Jerusalemiin, joskin hän välillä epäili oliko kyseessä sittenkään Israelin Jumala. Ehkä hänen äitinsä oli rukoillut jumaliaan ja ne olivat vastanneet? Kenties Israelin Jumala ei enää kuullut häntä. Ja olikohan Juudassa ainoatakaan hurskasta enää elossa?

Kirjuri Josef ilmestyi kammion ovelle yhdessä henkivartioston päällikön kanssa. Uusi viidenkymmenenpäämies ei luottanut Josefiin vaikka olikin tullut valituksi juuri tämän ansiosta tehtäväänsä. Hän piti kuninkaallista kirjuria epäluotettavana, koska tämä oli kirjannut ylös kaiken kuninkaan jopa juovuspäissään lausuman ja koska tämä ei tuntunut välittävän hallintatavasta tai siitä, kuka oli hallitsijana. Manassen vankeusaikana kirjuri oli käytännössä hallinnut palatsia ja tämä synnytti kateutta ja epäluuloa koko valtakunnassa. *Herrani kuningas! Olen löytänyt sinulle Jumalan palvelijan. Voinko tuoda hänet luoksesi?* Manasse riemastui. *Tuokaa tänne, ja jättäkää meidät kahden. Kukaan ei saa häiritä meitä.* Viidenkymmenenpäämies näytti siltä, kuin olisi halunnut sanoa jotain, mutta vaikeni sitten. *Kuninkaan käsky täytetään. Tuon nuorukaisen nyt eteenne!* Josef poistui yhdessä viidenkymmenpäämiehen kanssa ja nuori, parraton, lähes poika, tuotiin Manassen eteen. Kuningas kysyi: *Oletko sinä*

Israelin Jumalan palvelija? Näky oli hullunkurinen: säkkiin puettu kuningas istumassa istuimellaan edessään vähäinen nuorukainen, jolla ei vielä kasvanut edes parta. Nuorukainen vastasi pelokkaalla äänellä: *Herrani kuningas, olen.* Manasse silmäili nuorta miestä tutkivasti. *Olet kovin nuori...*Mutta nuorukainen vastasi ikään kuin sisuuntuneena, yhtäkkiä rohkeutta saaneena: *Herrani kuningas tietää, että Juudassa ei ole montakaan Israelin Jumalan palvelijaa hengissä. Isäni palveli Jumalaa ja isäänne, kuningas Hiskiaa, ja hän on käynyt täällä palatsissakin yhdessä Jesajan ja muiden Jumalan miesten kanssa. Hän on kuitenkin jo kuollut...*Nyt Manasse ei enää kestänyt vaan heittäytyi maahan. *Minä olen tehnyt hirvittävän synnin! Olen tappanut ja karkottanut hurskaat Juudasta, palvonut epäjumalia, tuonut jopa kuvia Israelin Jumalan temppeliin! Olen polttanut oman poikani tulessa ja tehnyt sanoinkuvaamattomia pimeydentöitä vaikka Jumalan profeetat varoittivat minua....olen villinnyt tämän kansan ja se on hylännyt Israelin Jumalan, joka johti meidät Egyptistä autiomaan halki...Olen...*Nuorukainen keskeytti Manassen vuodatuksen. *Ja Israelin Jumala on nyt antanut sinulle kaiken sen anteeksi, sinä saat elää ja hallita Jerusalemissa, eikä sinun tarvitse mennä siihen paikkaan, jota pelkäät!* Manasse makasi edelleen maassa itkien. *Nouse, Herrani kuningas, henkivartiostosi päällikkö luulee minun tappaneen sinut jos hän nyt tulisi tänne.* Jumalan lähettiläs puhui auktoriteetilla, joka ei ollut hänestä itsestään ja jota hän jälkeen päin itsekin ihmetteli. Manasse alkoi

117

nousta hitaasti. Hän itki edelleen, mutta surun ja epätoivon kyyneleet olivat muuttumassa ilon kyyneleiksi.

Manasse ryntäsi riemuissaan kammioonsa ja polvistui kiittäen Israelin Jumalaa, joka oli lähettänyt palvelijansa antamaan hänelle elämän sanat. *Nyt minä tiedän, että Israelin Jumala on ainoa Jumala...*Manassen rukoukset kestivät pitkään ja hän pyysi palvelijoitaan tuomaan hänelle tavalliset vaatteet. Hän myös söi mieliruokiaan. Palvelijat luulivat kuninkaan menettäneen järkensä ja huolestunut Josef toi lääkärin paikalle. *Nyt minä ymmärrän, että Herra on Jumala!* Lääkäri ymmärsi nopeasti, ettei kyseessä ollut mielen järkkyminen ja lähti pois jättäen kuninkaan rauhaan. Myöhemmin Manasse kutsui Jumalan miehen luokseen uudelleen ja he keskustelivat tuntikausia.

Manasse aloittaa uudistukset

Päivät kuluivat ja lopulta Manasse kutsui kirjuri Josefin, josta oli tullut eräänlainen kansleri, eteensä: *Kutsu temppelipapit eteeni. Käsken myös, että kaikki epäjumalien kuvat Jerusalemista täytyy hävittää ja portot ja itseään myyvät pojat karkottaa Juudasta, ja että muiden kuin Israelin Jumalan kumartaminen on tästä päivästä alkaen kielletty. Pazuzun ja kaikkien muidenkin   patsaiden tai korujen hallussapito on kielletty. Noidat, ennustelijat ja merkkien selittäjät tulee vangita. Kukaan ei saa enää uhrata*

Ben-hinnomin laaksossa. Kaikkien tulee palvella ainoastaan Israelin Jumalaa. Kirjuri Josef kuunteli ilmeettömänä ja poistui.

Temppelipapit kokoontuivat kuninkaan eteen. Tämä aloitti: *Minä käsken: poistakaa kaikki kuvat Jumalan temppelin alueelta ja kunnostakaa temppeli kuninkaan varoista. Palvelkaa ainoastaan Israelin Jumalaa.* Papit vastasivat ihmeissään: *Herrani kuningas! Me olemme tähän päivään asti palvelleet Herraa, Israelin Jumalaa temppelissä ja sinua, kuningas Manasse.* Kuningas ärsyyntyi: *Jos te olette palvelleet Israelin Jumalaa, niin miksi en sitten ole tappanut teitä, niin kuin tapoin tai karkotin kaikki hurskaat Jerusalemista ja Juudasta, niin profeetat kuin naiset ja lapsetkin, joiden perheessä palveltiin Jumalaa ja kieltäydyttiin kumartamasta baaleja? Miksi en siis ole tappanut teitä?* Tähän papit eivät osanneet vastata mitään ja poistuivat kuninkaan edestä kummastuneina ja loukkaantuneina.

Kuningas jakoi käskykirjeitä eri puolille Juudaa ja käski palkkaamaan lisää sotilaita valvomaan järjestystä erityisesti Jerusalemissa. Hän vangitutti noidat ja ennustelijat, jotka eivät olleet ehtineet paeta ja kutsui ylimystön toistuvasti eteensä. *Kaikkien on palveltava ainoastaan Herraa, Israelin Jumalaa, eikä missään kylässä tai kaupungissa saa olla patsaita tai alttareita vieraille jumalille. Temppelipalvelus tulee palauttaa sellaiseksi, kun se oli hurskaan kuningas Hiskian aikana.* Ylimystö vastasi kuninkaalle:

Mutta mistä kuningas aikoo saada varat sotilaiden palkkaamiseen, temppelin kunnostamiseen ja muuhun? Manasse vastasi: *Olen neuvotellut uusien neuvonantajieni kanssa, jotka ovat viisaammat ja rehellisemmät kuin kanaanilainen Tobia, Saadok, Johannes ja katala Balkiira, joka oli väärä profeetta. Heidän mielestään kuninkaan tulisi kerätä varat kansalta, ja pyytää työvoimaa ympäri Juudaa rakennustyöhön.* Ylimystö vastasi: *Mutta me pelkäämme, että kuninkaan toimet synnyttävät kapinan. Onko kuningas unohtanut, että hänen täytyy maksaa lisäksi veroa Assyrialle?* Manasse vastasi: *Minä luotan, että Israelin Jumala on kanssani ja nämä hankkeet onnistuvat ja kykenen tekemään uudistukset ja maksamaan veroa Assyrialle. Sitä paitsi kansan ei tarvitse enää laittaa rahaa baalien alttareihin ja kuninkaan juhlat ovat nykyään vaatimattomammat kuin ennen, eikä kuninkaalla mene varoja ilveilijöihin, tanssijattariin, ennustajiin ja muuhun.* Ylimystö poistui kuninkaan edestä supisten: *Huhut pitävät siis paikkaansa, hän noudattaa todella reekabilaisia tapoja.*

Nuorukainen, joka oli tuotu Manassen eteen, oli nyt kuninkaan neuvonantaja ja astui esiin ylimystön lähdettyä. *Herrani kuningas! Pysykää lujana, sillä Jumala on kanssanne. Tämä hanke toteutuu, jos se on Jumalan tahto.* Manasse vastasi: *Minä olen huolissani niistä urkkijoista, joita assyrialaiset ovat lähettäneet tänne hoviin vakoilemaan minua.* Nuorukainen vastasi: *Antakoon kuningas käskyn, että kaikkien myös*

120

palatsissa tulee palvella yksin Israelin Jumalaa ja kaikkien kykenevien on
uhrattava Herralle. Ehkä Assyrian kuningas huomaa, että uudistukset eivät
uhkaa heitä, ja että tornien korjaaminen ja sotilaiden palkkaaminen on
tarkoitettu palauttamaan järjestys Juudassa. Ja uhratkoon kuningas
kiitosuhreja ja palvelkoon Israelin Jumalaa uskollisesti.

Eräänä päivänä kuningas Manasse kutsui kirjuri Josefin eteensä.
Kutsuttakoon koko kansa Jerusalemista ja muualtakin Juudasta kuninkaan
eteen. Annan käskyn palvella ainoastaan Israelin Jumalaa. Kirjuri Josef
vastasi: *Herrani kuningas! Kuninkaan käskykirjeet ovat jo kulkeutuneet*
kaikkiin kaupunkeihin ja kyliin ympäri Juudaa. Haluaako kuningas siis koko
kansan eteensä kertoakseen saman asian. Manasse ärsyyntyi Josefin
sanoista. *Haluan. Haluan kansan, kaikki, jotka kykenevät tulemaan*
Jerusalemiin, eteeni, että he kuulevat nämä sanat omasta suustani.
Neuvonantajani ovat kertoneet, että valtakunnassa liikkuu niin paljon
huhuja ja väärää tietoa, että on välttämätöntä, että kansa näkee minut ja
kuulee nämä sanat omasta suustani. Josef vastasi: *Kuningas on oikeassa.*
Huhutaan, että palatsissa on oikeasti joku Assyrian asettama näyttelijä ja
että herrani kuningas on todellisuudessa kuollut tai edelleen vankeudessa.
Lisäksi huhutaan, että jos palatsissa on oikeasti kuningas Manasse, hän on
menettänyt järkensä ja ryhtynyt noudattamaan reekabilaisten
elämäntapaa.. Manasse oli kuulevinaan viimeisessä lauseessa ripauksen

ivaa mutta ei jaksanut välittää siitä. Hän jatkoi: *Ja haluan, että noita, joka manasi esiin kymmenenpäämies Josian ja kuningas Salomon, tuodaan eteeni. Samoin, että petolliset Tobia, Saadok ja Johannes sekä katala Balkiira tuodaan eteeni. Haluan vielä, että kuninkaallinen pääilveilijä, joka pilkkasi kuningasta assyrialaisten ja kansan edessä, tuodaan eteeni. Ja Beliarin papit, jotka ovat jo etsinnässä, täytyy vangita, etteivät he enää voi aiheuttaa enempää haittaa tälle valtakunnalle ja kuninkaalle.* Kirjuri Josef vastasi: *Jos Jumala sallii, heidät tuodaan kuninkaan eteen tuomittaviksi.* Sitten Josef poistui ripeästi.

17. Luku

Kuninkaan puhe

Hän kunnosti Herran alttarin, uhrasi sillä yhteysuhreja ja kiitosuhreja ja käski Juudan kansan palvella Herraa, Israelin Jumalaa.

(2. Aikakirja 33: 16.   Vuoden 1992 käännös)

Kuninkaan viestinviejät kulkivat kaupungista kaupunkiin, kylästä kylään ja pitkin Jerusalemin katuja kutsuakseen kansaa kuulemaan Manassen puheen, jonka hän aikoo kansalle pitää vahvistaakseen ne ohjeet, jotka hän jo aiemmin on kansalleen antanut käskiessään kaikkia palvomaan ainoastaan Israelin Jumalaa, elävää Jumalaa, ja hylkäämään baalien alttarit sekä kieltänyt ihmisuhrauksen. Kansaa alkoikin kertyä Jerusalemiin jonkin verran, mutta paljon vähemmän mitä Manasse oli toivonut.

Hän oli asettunut palatsinsa eteen uusien neuvonantajiensa, kuuluttajiensa sekä henkivartioston vartioidessa kanssa rahvaan eteen, jota oli kokoontunut Jerusalemista, Juudan kaupungeista ja kylistä jonkin verran. Henkivartioston päällikkö oli asettanut miehensä kuninkaan eteen rivistöksi sekä määrännyt jousiampujia talojen katoille. Itse hän seisoi käsi miekan kahvaa hypistellen kuninkaan vieressä. Varsinaisen armeijan sotilaita oli valmiudessa hiukan kauempana ja upseerit istuivat ratsujen selässä. Kirjuri Josef oleskeli apulaistensa kanssa syrjemmällä kirjoitusneuvot valmiina. Kuuluttajat seisoivat kauempana kuuluttaakseen kuninkaan puheen kauempana oleville. Manasse katseli kansaa; miehiä, naisia, lapsia. Köyhiä enemmän kuin rikkaita. Kauppiaita ja maanviljelijöitä, käsityöläisiä ja porttoja. Ylimystö ja papisto seisoi kauempana omilla paikoillaan. Kerjäläiset ja ilmeilevät pikkupojat seisoivat tai istuivat vapaammin. Muutama kauppias myi kaltiaisia, toinen kananmunia, kolmas pieniä epäjumalien patsaita kuninkaan käskyistä välittämättä. Osa naisista seisoi kauempana kasvot verhottuna ilmeisesti Manassen haareemiin joutumista peläten, osa taas hiukset avoimena ja kasvot meikattuna ikään kuin tyrkyllä. Leskikuningatar ja kuningatar Meshullemeth eivät olleet paikalla. Kansa katseli kuningasta keskenään supisten: *Tuoko on muka Manasse, Hiskian poika?.. On se oikea! ...Ei, kyllä tuo on joku näyttelijä...Tuossa se murhamies nyt on!... Ei tuo voi olla Manasse!* Ja vielä: *Nyt Manasse tappaa kaikki kostoksi siitä, kun kansa nauroi kuninkaalle pääilveilijän yllyttämänä!.. Miksi sitten tulit paikalle, jos Manasse kerran tappaa kaikki?* Tai: *Kuningas Manasse ilmoittaa luopuvansa vallastaan ja asettaa Kirjuri Josefin hallitsijaksi!... Senkö tylsimyksen? Ei, mieluummin vaikka pääilveilijän!* Ja vieläkin: *Manasse juonittelee: hän kokoaa kansan paikalle valikoidakseen yleisöstä kauniit neidot haareemiinsa!... Manasse tappaa meidät kaikki!... Ei, hän aikoo lakkauttaa epäjumalien palveluksen, johan siitä kuulutettiin jo aiemmin!* Tällaisia kansa supisi keskenään kiihtyneenä ja toisaalta odottavana. Tunnelma oli toiveikas, mutta joidenkin läsnäolijoiden mielestä uhkaava. Sitten Manasse nosti kätensä ja kuuluttajat huusivat: *Kuningas Manasse, Hiskian poika, aikoo puhua kansalle!* Manasse katseli kansaa. Hän yritti avata suunsa puhuakseen, mutta tuntui kuin jokin estäisi. Hänestä tuntui vaikealta hengittää. Joku palvelijoista katseli kuningasta huolestuneena ja neuvonantaja kumartui vaivihkaa lähemmäs: *Nyt, kuningas, on aika. Kansa on kokoontunut. Avaa vain suusi ja puhu ne sanat, jotka Jumala sinulle antaa.* Manasse kuiskasi: *Minä pelkään, että tämä kansa pitää minua pilkkanaan, he muistavat minun syntini. Kuinka minä voisin puhua heille Israelin Jumalasta?* Neuvonantaja vastasi kuiskaten: *Isäsi Daavid oli murhaaja ja huorintekijä, Juuda, kansamme isä, makasi miniänsä kanssa ja hurskas Loot kahden tyttärensä kanssa. Jumala on luonut jokaisen ihmisen ja tuomitsee jokaisen. Ei tämä kansa. Puhu, Jumala on kanssasi.* Yleisön seassa alkoi olla enenevää levottomuutta kuninkaan viivytellessä. Sitten hän avasi suunsa ja lausui kuuluvalla äänellä:

Manasse puhuu kansalle

Kuulkaa te kaikki Jerusalemin ja koko Juudaan asukkaat ja kaikki, jotka haluatte palvella isäni Hiskian Jumalaa. Kuulkaa kaikki, ja tulkoon näistä sanoista laki, jota kaikkien velvollisuus on noudattaa, pienten ja suurten, rikkaiden ja köyhien. Kansa vaikeni, ikään kuin hengitystään pidättäen. *Minä, Manasse hurskaan Hiskian poika, olin assyrialaisten vankina koska olin rikkonut heitä ja kansaani sekä Israelin Jumalaa vastaan, joka johdatti kansansa Egyptin maasta ja joka palvelijansa Mooseksen kautta antoi pyhän lakinsa. Kansan, joka oli tullut Egyptiin Josefin, Jaakobin pojan aikoina. Jumala, joka ilmestyi isällemme Aabrahamille, ja jolle lupasi lukemattoman määrän jälkeläisiä, pelasti kansansa sen vihollisten käsistä, ja johdatti tänne. Me olemme rikkoneet kuitenkin pyhää Jumalaa vastaan,*

126

koska minä, Manasse, olen yllyttänyt teidät palvomaan epäjumalia pahemmin kuin vieraat kansat ympärillämme ja olen itse palvonut Beliaria ja polttanut oman poikani tulessa, niin kuin tekin olette tehneet. Kansa kuunteli edelleen rauhallisesti, joitakin välihuutoja tosin kuului. *Minä olen vuodattanut viatonta verta ja vainonnut hurskaita, sekä tehnyt niin paljon syntiä kuin meressä on hiekkaa ja enemmänkin! Olen tuonut.. olen tuonut baalien patsaita temppelin esipihalle...ja vihoittanut Israelin Jumalan...*Manassen ääni alkoi särkyä. Nyt kansan keskuudesta kuului pilkkahuutoja ja yleistä supinaa. Manassen neuvonantaja kumartui kuninkaan puoleen: *Pysykää lujana, Jumala on kanssanne.* Manasse kokosi jälleen itsensä ja jatkoi: *Jumala, jonka armo on mittamaaton, palautti minut kuitenkin assyrialaisten kynsistä Jerusalemiin hallitsemaan kansaani. Hän antoi minulle kaikki mittaamattomat syntini anteeksi. Sillä Hän on laupias, Hänen armonsa kestää ikuisesti! Minä aion jatkaa niitä uudistuksia, jotka isäni Hiskia aloitti. Jumalan temppeli puhdistetaan kuvista, baalien palvonta kielletään ja kaikkien on palvottava Israelin Jumalaa!* Huuto alkoi nousta yhä voimakkaammaksi kansan keskuudesta. *Minä kehotan kaikkia palvelemaan isiemme Jumalaa, ainoaa todellista Jumalaa! Kääntykää Hänen puoleensa ja hylätkää baalit ja uhrikukkulat! Palvelkaa Häntä kaikesta sydämestänne, mielestänne ja voimastanne, niin kuin isäni Hiskia ja kuningas Daavid tekivät!*

Osa yleisöstä oli tyrmistynyt, osa helpottunut, osa herjasi Manassea, osa kuunteli hiljaa. Huuto ja sekasorto yltyivät ja viidenkymmenenpäämies jakoi komentoja henkivartiostolle. Hevoset hirnuivat. Sadoittain armeijan sotilaita marssi kaduilla kohti väkijoukkoja ylläpitääkseen järjestystä. Pikkupojat ilmehtivät, naiset katselivat nuorta kuningasta ivallinen hymy suupielessään, ylimystö ja papisto seisoivat vaiti. Kirjuri Josef oli toimessaan ja Manasse seisoi kansan edessä kuin etsiäkseen sanoja.

Murhaaja! Petturi! Neitsyiden häpäisijä! Teeskentelijä! Mieti mitä itse olet tehnyt, sinäkö annat käskyjä palvella Jumalaa! Sinä tapoit Jesajan! Assyrian vasalli! Miksi emme saisi käydä uhrikukkuloilla, kävithän itsekin!... Jumalako? Missä Hän oli silloin, kun tapoit kansaasi? Teeskentelijä! Osa kansasta puhui keskenään, mutta enemmistö oli täysin välinpitämättömiä. Pieni mutta äänekäs herjaajien joukko jatkoi huutoaan kuninkaan poistuessa kansan edestä. Pojat ilmehtivät ja naiset nakkelivat niskojaan. Vanha köyhä nainen kohotti kätensä taivasta kohti ja kiitti Israelin Jumalaa hyppien ja käsiään taputtaen.

Armoton kansa

Manasse poistui palatsiinsa helpottuneena. Toisaalta hän oli pettynyt kansan käytökseen. Siihen, että yleisöä oli tullut odotettua vähemmän sekä siihen, että hänen kehotuksensa palvella Jumalaa sai lähinnä vihamielisen, ivallisen ja erityisesti välinpitämättömän vastaanoton. Juuri kukaan ei tuntunut uskovan, että hän oli kääntynyt elävän Jumalan palvelijaksi ja luopunut entisestä epäjumalien palvonnastaan. Tämä siitä huolimatta, että näkyvät toimet oli jo aloitettu ja epäjumalat hävitetty ainakin Jerusalemista. Manasse oli myös lopettanut meluisat juhlat palatsista ja karkottanut noidat ja ennustelijat tai ottanut baalien papit kiinni, mutta tätäkään kansa ei ottanut huomioon. Hän oli myöntänyt omat rikoksensa julkisesti, mutta silti häntä pidettiin teeskentelijänä. *Mitä minun pitäisi vielä todistaa tälle pakanakansalle,* Manasse valitteli. Mutta neuvonantaja vastasi: *Tämä kansa ei näe, mutta sinä olet saanut syntisi anteeksi. Eikö se ole tärkeintä? Jatka niitä uudistuksia, jotka isäsi Hiskia aloitti. Vaikka tämä kansa ei kääntyisikään, sinun oma sielusi pelastuu. Mutta aikojen lopussa tämä paha kansa palaa Israelin Jumalan yhteyteen.*

Manasse jatkoi uudistuksiaan, uhrasi Jumalan puhdistetussa temppelissä kiitosuhreja, johti rakennustöitä ja varusti armeijaansa, jonka hän oli aiemmin päästänyt rappiotilaan Beliarin papin järjetöntä neuvoa kuunnellessaan.

18. Luku

Manassen uudistukset

Herrani kuningas, pääilveilijä on vangittu kuten olette käskeneet. Manasse vastasi henkivartioston päällikölle: *Tuokaa hänet eteeni.* Ilveilijä tönittiin Manassen eteen. Pieni mies oli sidottu kahleisiin ja häntä oli pahoinpidelty, joskin kohtuullisesti, koska Manassea pidettiin palveluskunnan keskuudessa niin arvaamattomana, ettei monikaan tiennyt, kuinka kussakin tilanteessa tulisi toimia. Niinpä oli katsottu parhaaksi piestä ilveilijää vain jonkin verran, ikään kuin kompromissina. Pääilveiljä seisoi ilmeettömänä Manassen edessä. Hänen toinen silmänsä oli mustelmilla ja kaulasta ja ranteista oli kiskottu helyt pois. Ilveilijän omat vaatteet olivat repeytyneet pidätystilanteessa mutta hänelle oli annettu jonkinlainen asu kuningasta varten. Ilveilijä oli laihtunut ja Manassen mielestä vanhentunut ennen aikaisesti, mutta sama hullunkurinen perusilme oli edelleen tallella. Ilveilijä yritti peittää pelkonsa taitavasti. Hän piti varmana, että hänet tuomitaan kuolemaan mutta kenties toivoakin vielä oli, jos kuningas oli todella seonnut, kuten väitettiin? Manasse katseli edessään olevaa pienikokoista, kaljuuntunutta ja varovasti virnuilevaa miestä. *Sinä olet todella kuninkaallinen pääilveilijä, jonka olen käskenyt tuoda eteeni, koska pilkkasit kuningastasi kansan ja assyrialaisten edessä. Mitä vastaat?* Pääilveilijä aloitti puolustuspuheensa mahdollisimman ryhdikkäästi seisten. *Herrani kuningas! Minä olen kuninkaallinen pääilveilijä, jonka te itse palkkasitte palatsiinne jo vuosia sitten huvittamaan itseänne, petollisia ystäviänne Tobiaa, Saadokia ja Johannesta, sekä vieraitanne, nyrpeitä assyrialaisia sodanpäämiehiä, lukuisia... hmm.. vaimojanne, juonittelevia eunukkejanne, kateellisia hovipoikianne ja muita, jotka pääsivät tai joutuivat iloisiin juhliinne, joissa viini virtasi ja lukemattomat kevytkenkäiset tanssijattaret viihdyttivät kuningasta. Minä olin hauskuuttaja, joka sain nauramaan kaikki muut paitsi tylsääkin tylsemmän kirjuri Josefin!* Kirjuri Josef seisoi ilveilijän takana ja kirjasi kaiken ylös pitäen kasvonsa vain vaivoin tyypillisen ilmeettömänä. Lievä hymynkare eksyi Manassen suupieleen, mutta hän esitti edelleen ankaraa: *Niin, tiedän tuon kaiken, mutta mitä vastaat syytökseen?* Ilveilijä kohotti taas selkänsä ja sanoi: *Herrani kuningas! Minä todella pilkkasin kuningas Manassea assyrialaisten palkkaamana kansan edessä. En voi sitä mitenkään kieltää. Mutta kaikki sanani olivat täysin totta ja jos en olisi sanonut niin, assyrialaiset olisivat seivästäneet minut.* Ilveilijän vieressä seisonut sotilas iski tätä keihään varrella jalkoihin ja tämä kaatui päistikkaa kuninkaan eteen. *Ylös koira!* Kymmenenpäämies potkaisi ilveilijää kylkeen. *Riittää! Nostakaa hänet ylös ja antakaa hänen puolustautua,* Manasse sanoi. Ilveilijä nousi toinenkin silmäkulma auenneena ja jatkoi: *Ei minulla ole muuta sanottavaa. Olen kuullut, että te, kuningas Manasse, olette kuin uusi mies ja vetoan vain armeliaisuuteenne!* Manasse oli pitkään vaiti. Sitten hän aloitti: *En tiedä mistä olet kuullut, että olen uusi mies. Et ainakaan tältä kansalta, joka herjaa minua pahemmin kuin pääilveilijä silloin, kun minut vietiin vangittuna Baabeliin. Mutta on totta, että minä itse palkkasin sinut palatsiini ja sekin on totta, että saatoit toimia assyrialaisten pakottamana. Tosin itse uskon, että luulit, etten tule koskaan takaisin ja toimit enemmän palkkion kuin pelon takia. Sekin on totta, että puheesi oli täysin totuudenmukainen. Toisaalta, et olisi silti saanut herjata kuningastasi kansan ja assyrialaisten edessä, koska Jumala sanoo Mooseksen kautta: Kansasi ruhtinasta älä kiroa. Teit siis synnin Jumalaa vastaan, vaikka sanasi olivatkin todet.* Sitten hän oli hetken vaiti ja jatkoi lopulta: *Asiaa harkittuani olen päättänyt, etten tuomitse sinua kuolemaan. Israelin Jumala on armahtanut minut vielä suuremmista synneistä, ja minäkin jätän sinut henkiin, vaikka et osoita katumusta ja tekisit tilaisuuden tullen saman uudestaan! Karkotan sinut kuitenkin Jerusalemista kuten muutkin ilveilijät ja noidat. Vaikka vältytkin nyt ansaitulta rangaistukselta kuten Siimei, joka kirosi kuningas Daavidia mutta jonka Daavid jätti henkiin, niin et välty siltä tuomiolta, joka julistetaan aikojen lopussa kaikille niille ihmisille, jotka eivät nöyrry palvelemaan ainoaa elävää Jumalaa. Siispä kehotan sinuakin katumaan ja kääntymään Israelin Jumalan puoleen.* Pääilveilijä kuunteli yllättyneenä kuninkaan tuomiota ja vastasi: *Herrani kuningas on armollinen! Lähden pois Jerusalemista kuninkaan kasvojen edestä välttyäkseni siltä kohtalolta, jonka Siimei lopulta sai!* Niinpä pääilveilijä vapautettiin kahleista ja hänet ajettiin pois Jerusalemista, kuten muutkin ilveilijät, noidat, ennustelijat, baalien papit, pyhäkköportot ja vainajahenkien manaajat.

Noitavaimo

Eräänä päivänä kuninkaalle tuotiin sana: *Se nainen, joka manasi velhokonsteillaan esiin kymmenenpäämies Josian ja kuningas Salomon, on nyt saatu kiinni. Hänen kätensä on sidottu ja kasvonsa peitetty, koska pelätään, että hän voisi noitua sotamiehet, jotka vartioivat häntä.* Manasse vastasi: *Tuokaa hänet eteeni tarkoin vartioituna.* Noitanainen tuotiin kuninkaan eteen kasvot peitettynä ja sidottuna. Neljä sotamiestä vartio häntä ja viidenkymmenpäämies seisoi hänen ja kuninkaan välissä miekka

133

tupesta vedettynä. Hän sanoi: *Jos tuo noita liikahtaakin, hänen päänsä tippuu laupiaan ja armollisen kuningas Manassen eteen!* Mutta Manasse sanoi: *Ottakaa hänen huppunsa pois, ei hän voi tehdä mitään, jos Israelin Jumala ei sitä salli.* Tämän kuningas tosin rohkeni sanoa vasta neuvonantajiensa rohkaisemana. Huppu vedettiin pois naisen kasvojen edestä. Tuliset silmät yrittivät tavoittaa Manassen katsetta, mutta tämä huusi: *Älä yritä noitaämmä! Minua et pysty nyt lumoamaan!* Sitten kuningas oli hetken vaiti ja aloitti: *Sinä manasit esiin kymmenenpäämies Josian, jonka olin surmannut ja suuren kuninkaan, Salomon. Miten teit sen?* Noita kumartui maahan luovuttaneena, kun huomasi etteivät hänen temppunsa enää tehneet vaikutusta ja vastasi: *Herrani kuningas tietää, että minä en ole voinut niin tehdä. Ainoastaan Jumala hallitsee eläviä ja kuolleita. En siis ole voinut nostattaa kymmenenpäämies Josiaa enkä kuningas Salomoa, kuten kuningas Manasse nyt valheellisesti väittää!* Manasse kysyi: *Mutta minä itse kuulin heidän äänensä! Jotain noitakonsteja käytit!* Noita vastasi: *Ainoastaan Jumala voi palauttaa kuolleen henkiin, ei ihminen. Kuningas syyttää minua aiheettomasti!* Manasse oli menettää malttinsa: *Viekää tuo noita pois, ja tuomittakoon hänet niiden lakien mukaan, jotka Jumalan palvelija Mooses toi Siinain vuorelta!* Noita kuitenkin jatkoi vielä: *Sinäkö muka armollinen! Saul, joka oli Israelin kuningas ja jonka Jumala oli hylännyt, säästi naisen, joka oli nostattanut hänelle Samuelin hahmon. Saul säästi hänen henkensä, vaikka*

134

oli aiemmin antanut määräyksen hävittää vainajahenkiä hallitsevat noidat! Manasse poistui neuvottelemaan ennen lopullista tuomion julistamista.

Kuinka voin tuomita ketään, minä, joka itse olen yllyttänyt heidät näihin rikoksiin? Ja jos en tuomitse, kansa käy kurittomaksi ja kohta ei Juudassa ole ainoatakaan taloa pystyssä! Neuvonantajat pohtivat asiaa. Sitten he vastasivat: *Kuningas Daavid syyllistyi aviorikokseen ja murhaan, mutta silti hän kykeni tuomitsemaan kansaa. Toisaalta Mooses asetti viisaita miehiä tuomitsemaan, ettei hänen tarvinnut yksin tuomita.* Vastaus kuulosti Manassesta viisaalta, vaikkei se ristiriitaa täysin ratkaissutkaan. *Jättäkäämme tämä asia Jumalan käsiin,* hän sanoi.

Katala Balkiira

Vuodet kuluivat, ja Beliarin papit olivat edelleen karkuteillä, eikä heitä oltu nähty vaikka Manassen sotilaat olivat tutkineet erämaita ja vuoristoja ja vakoojat olivat koittaneet oveluudella selvittää noitien olinpaikkaa. Kyliin oli tullut Manassen urkkijoita, jotka kyselivät: *Onko kellään tietoa Beliarin papeista?* Tai: *Missä olisi nainen, joka nostattaisi vainajahengen, maksan hänelle?* Toisaalta kuningas pohti näiden toimien järkevyyttä. Lisäksi arveltiin, että suurin osa noidista oli kätkeytynyt, eli lopettanut julkisen noituuden, tai sitten paennut Juudan alueelta. Osa saattoi piileskellä edelleen vuoristoissa ja erämaassa, mutta heitä olisi vaikea tavoittaa.

Lisäksi Manasse piti tärkeämpänä armeijan varustamisen esimerkiksi assyrialaisten hyökkäystä varten, ja maan talous oli muutenkin tiukoilla. Uudistukset eivät olleet tuoneet täysin toivottua tulosta, vaan rikollisuus ja piilossa tapahtuva epäjumalanpalvelus jatkui lähes entiseen malliin. Silti kansa palveli nyt ainakin ulkoisesti Israelin Jumalaa, vaikkakin temppelin sijaan monet käyttivät edelleen uhrikukkuloita. Kuitenkaan pelättyä kapinaa kansassa ei ollut noussut, vaikka Manasse velvoittikin kansaa rakennustöihin. Ylimykset tyytyivät tilanteeseen ja tukivat Manassea lähinnä siksi, että kokivat sen välttämättömäksi.

Myöskään kuninkaan kelvottomia neuvonantajia, Tobiaa, Saadokia, Johannesta ja katalaa Balkiiraa ei oltu tavoitettu. Huhuttiin, että he olivat kuolleet. Manasse ei kuitenkaan uskonut tähän: *Sellaiset rotat selviytyvät aina! Mutta Israelin Jumalan tuomiota hekään eivät vältä!*

Eräänä päivänä kuitenkin alkoi kuulua huhu: *Katala Balkiira on vangittu ja häntä ollaan tuomassa kuninkaan eteen tuomittavaksi.* Manasse ilahtui huhusta, joka osoittautui todeksi ja määräsi oikeudenkäynnin järjestettäväksi. Tällä kertaa hän tosin järjesti niin, että hän itse ei antanut tuomiota, vaan pyysi kirjuri Josefia asettamaan tuomarit. Väärä profeetta tuotiin Jerusalemiin sotilassaattueessa kahlehdittuna. Pojat ilmehtivät ja sontakokkareet lensivät. Osa jerusalemilaisista herjasi katalaa Balkiiraa, mutta suurin osa oli välipitämättömiä. Tämän komeat vaatteet oli revitty ja kasvoilla oli mustelmia. *Tuo on se, joka kavalsi Jesajan, jonka jumalaton kuningas Manasse sahasi kahtia. Nyt paha Manasse teloittaa hänet, vaikka on itse tehnyt enemmän rikoksia kuin tuo!* Osa kuitenkin sanoi: *Mitä tuokin on muka tehnyt?* Tai: *Viimeinkin katala Balkiira saa rangaistuksensa!* Ja sanoipa joku vanha köyhä leskinainen: *Mutta se tuomio, joka aikojen lopussa jumalattomille annetaan, on vielä ankarampi kuin kuningas Manassen antama!*

Oikeus kokoontui nopeasti ja tuomitsi katalan Balkiiran kuolemaan maanpetoksesta, Jesajan murhasta, väärän todistuksen antamisesta, epäjumalanpalvonnasta, ja Israelin Jumalan hylkäämisestä, sekä kuningas Hiskian aikaisesta väärien profetioiden ja opetuksen levittämisestä. Ovela Balkiira päätti kuitenkin vedota kuninkaaseen tutuin konstein.

Voi minua, kun minä olen tällainen kurja syntinen! Balkiira itki huutoitkua kuningas Manassen edessä. Kyyneleet valuivat silmistä ja hiukset ja parta olivat sekaisin. *Minä olen tällainen kurja syntinen, olen rikkonut Jumalaa vastaan!* Itku tuntui jatkuvan ja jatkuvan. Sitten Manasse kysyi: *Olet rikkonut omien sanojesikin mukaan Jumalaa vastaan. Mutta kerro, millä tavalla?* Balkiira ei tuntunut ymmärtävän kysymystä vaan jatkoi entistä kovemmin: *Voi minua, kun olen tällainen kurja syntinen...*Manasse jatkoi taas: *Et siis osaa sanoa millä tavalla olet rikkonut Pyhää Jumalaa vastaan? Sitten minä en voi tuomiotasi muuttaa.* Kuninkaan sanojen jälkeen katalan Balkiiran itku loppui kuin seinään ja hän sanoi: *Sinä itse olet tehnyt mittaamattomia syntejä ja rikoksia, sinä murhasit Jesajan ja lukemattomia hurskaita tästä kansasta! Poltit tulessa oman poikasi...*Balkiiran sanat keskeytyivät vartijoiden lyönteihin ja väärä profeetta raahattiin nopeasti kivitettäväksi. Manasse poistui kammioonsa.

Balkiiraa kuljetettiin pitkin Jerusalemin katuja muurien ulkopuolelle. Kuuluttaja huusi: *Tämä on katala Balkiira, väärä profeetta ja murhaaja, joka eksytti nuoren kuningas Manassen teloittamaan hurskaan Jesajan! Nyt hänet viedään kaupungin ulkopuolelle saamaan se tuomio, jonka Mooseksen laki määrää!* Kuin käskystä kansa villiintyi ja sotilailla oli täysi työ kuljettaa Balkiira ehjänä kaupungin ulkopuolelle. *Murhaaja! Petturi! Beliarin palvoja!* Sontakokkareet lensivät jälleen siistissä kaaressa ja paikalla ollut järjestystä valvova upseeri sanoi ihastuneena: *Noista pikkupojista tulisi loistavia jousi- tai linkomiehiä kuninkaan armeijaan!* Heti kaupungin ulkopuolella riehaantunut kansa otti kivet käsiinsä ja Balkiiraa heitettiin niillä raivon vallassa. Hän heittäytyi tyylilleen uskollisena maahan ja huusi: *Voi minua, kun olen tällainen kurja syntinen!* Teeskennelty katumus katkesi kuitenkin kiviin, jotka osuivat päähän ja niskaan. Katalan Balkiiran maanpäällinen taival oli nyt päättynyt. Kansa palasi takaisin kaupunkiin ja ennen illan pimentymistä Balkiiran ruhjoutunut ruumis haettiin pois petoeläinten ulottuvilta.

Vanha vihollinen

Eräänä iltana Manasse oli jälleen kammiossaan rukoilemassa ja tutkimassa kirjoituksia. Sitten hän otti kirjoitusneuvot esiin ja alkoi kirjoittaa käskykirjettä liittyen muurien korjaukseen. Oli jo myöhä, eikä hän viitsinyt vaivata kirjureita asialla. Hän alkoi kirjoittaa öljylampun lepattaessa, kun yhtäkkiä hän huomasi oudon varjon seinän nurkassa. Manasse pelästyi ja heitti jonkin esineen kirjoituspöydältä hahmoa kohti. Välittömästi kaksi henkivartiokaartin sotilasta ryntäsi sisään kammioon. *Herrani kuningas! Onko jokin hätänä?* Manasse vastasi: *Ei..ehkä se oli vain rotta...*Hetken kuluttua viidenkymmenpäämieskin ryntäsi sisään ja pian yleinen hälinä täytti äsken niin rauhallisen palatsin. Kuninkaallinen kammio oli täynnä vartijoita ja palvelijoita. Viidenkymmenenpäämies karjui palvelijoille, miksi nämä olivat päästäneet rottia huoneeseen, sotilaat tutkivat sängynaluset ja nurkat. Mitään ei löytynyt. *Herrani kuningas, ehkä näitte pahaa unta?* Manasse empi. *Ei, en nähnyt. Ehkä se oli paholainen, Pazuzu tai katalan Balkiiran haamu, tai Josian....huhutaanhan, että hänen hahmonsa on näyttäytynyt palatsialueella...ja palvelijat välttelevät sen takia muurin aluetta hämärän koittaessa...*Viidenkymmenpäämies katsoi kuningasta huolestuneena. *Ehkä kuninkaan hurskas neuvonantaja voisi lohduttaa kuningasta jälleen, jos kutsun hänet huomenna luoksenne...*Tähän Manasse suostui.

Seuraavana päivänä kuningas keskusteli neuvonantajansa kanssa. *Herrani kuningas, siinä se noita oli oikeassa, että vain Jumala voi palauttaa kuolleet. Vainajat odottavat ylösnousemusta, osa tuomion, osa elämän. Eivät he näyttäydy ihmisille, vaan kyse voi olla siitä, että paholainen eksyttää ihmisiä tälläkin tavoin ja saa ikään kuin kuolleen hahmon näyttäytymään.* Manasse empi. *Kuinka sitten se noita manasi kymmenpäämies Josian ja suuren Salomon esiin? Kuulin itse heidän äänensä ja näinkin jotain...*Neuvonantaja vastasi: *Se oli vain jokin noitatemppu, tai paholaisen juoni. Ei Josia tai Salomo oikeasti puhunut sinulle! Ja paholainen kiusaa usein juuri niitä, jotka ovat päässet hänen vallastaan pois ja siirtyneet Jumalan palvelijoiksi.* Tämän kuultuaan Manasse vaikutti huojentuneemmalta. *Jumala on suurempi kuin mikään mahti tai noitatemppu,* hän ajatteli rohkaistuneena.

19. Luku

Manassen uni

Vuodet kuluivat, ja Manasselle oli syntynyt poika, Aamon. Kuningas järjesti vallanperijälleen parhaan mahdollisen koulutuksen, sekä huolehti, että tämä oppi Mooseksen lakia. Aamon vieraili Herran temppelissä kuten hän itse oli isänsä Hiskian kanssa tehnyt, ja Manasse muistutti aina, miten tuli palvella ainoastaan Herraa, Israelin Jumalaa. Aamonin kasvaessa Manasse alkoi kuitenkin nähdä pojassaan samoja piirteitä kuin hänessä itsessäänkin: Jumalan tuntemus näytti Aamonilla olevan vain pinnallista.

Manasse puhui tuntemuksistaan hurskaalle neuvonantajalleen: *Pelkään, että Aamonista tulee samanlainen kuin minäkin olin, ennen kuin Herra,*

Israelin Jumala, nöyryytti minut ja palasin Hänen luokseen, ja poistin epäjumalat Juudasta ja Jerusalemista. Minä myös pelkään, että tämä kansa palaa kuoltuani siihen samaan epäjumalanpalvelukseen, jossa se oli nuoruudessani. Ja se ennustus, että Jerusalem ja Juuda kukistuu, toteutuu Aamonin hallituskaudella. Ja tämä kansa palvelee Israelin Jumalaa vain ulkonaisesti, kuten Aamon tekee ja sen sydän on kiinnittynyt baaleihin, kuten Aamonillakin.

Aika kului, Juudassa ja Jerusalemissa kansa palvoi ulkoisesti Israelin Jumalaa, mutta Manasse ja muut hurskaat aavistivat, että kyseessä oli vain ulkoisen käskyn noudattaminen, ei sydämissä tapahtunut muutos. Hänelle tuotiin viestiä tai hän sai kuulla jotakin kautta, että vanhat epäjumalat olivat jälleen tulossa suosioon vaikka laki estikin kansaa julkisesti palvomasta muuta kuin Israelin Jumalaa. Rikollisuus rehotti paikoin edelleen vaikka Manassen sotilaat onnistuivatkin pitämään anarkian loitolla ainakin Jerusalemissa. Myöskään Herran papit eivät olleet tehneet tai onnistuneet tekemään riittäviä uudistuksia temppelialueella ja rahoituksen järjestäminen temppelille oli kohdannut vaikeuksia: kansa ei arvostanut temppelipalvelusta riittävästi eikä Jerusalemin temppeliä pidetty ainoana oikeana paikkana palvella Jahvea. Juudan kuningas rukoili rukoilemistaan ja hoiti tehtäviään parhaan kykynsä mukaan. Silti hän huomasi, että viha ja halveksunta oli lähes käsinkosketeltavaa. Huhuttiin salamurhasuunnitelmista kuningasta tai Aamonia kohtaan. Tätä ajatellen Manasse nukahti ja näki pitkästä aikaa unen, paljon pidemmän kuin aikaisemmat.

Hän näki unessa kamelinkarvaiseen viittaan puetun miehen. Sitten Ben-hinnomin laakson, jonka jumalankuvat hän oli hajottanut. Unessa laakso oli kuitenkin jälleen avattu ja valtavat ihmisjoukot kaikista kansoista, niistäkin, joita hän ei tuntenut, toivat sinne lapsiaan uhrattavaksi, että maanpiiri säilyisi. Herran papit seisoivat laakson reunamilla, kumartaen välillä Israelin Jumalaa, mutta välillä kuin salaa, baaleja. He sanoivat: *Me olemme Herran pappeja, me palvelemme Häntä.* He näkivät, kuinka kansa toi lapsiaan uhrattavaksi, mutta eivät nuhdelleet ketään. Sitten Manasse näki kansanjohtajat, jotka seisoivat pappien vieressä. He sanoivat: *Herra, Herra!* Sitten kansanjohtajat käskivät uhraamaan yhä enemmän lapsia ja sitomaan raskaana olevien naisten jalat yhteen, että maanpiiri säästyisi. Manasse näki myös kansaa, joka lauloi Herralle kauniilla äänellä. He eivät kauhistuneet Ben-hinnomin laakson menoja, vaan lauloivat Israelin Jumalalle. Hekin sanoivat: *Herra, Herra!* Siellä seisoi myös paimenia, jotka olivat kuin pappeja mutta eivät pukeutuneet pappien mukaisesti. Osa heistä itki, kun kansa vei lapsia uhrattavaksi, mutta osa sanoi: *Herra, Herra! Me olemme Herran paimenia!* Hekään eivät nuhdelleet kansaa. Sitten Manasse näki jälleen miehen kamelinkarvaisessa viitassa. Tuo mies yritti varoittaa uhraajia, Herran pappeja, kansanjohtajia, paimenia ja kansaa, mutta hänet kivitettiin. Kansaa tuli yhä enemmän Ben-hinnomin laaksoon, ja kaikki kumarsivat suurta mustaa vuohta. Sitten hän näki suuren sodan syttyvän. Manasse näki outoja aseita, joita hän ei tuntenut, tulipatsaita ja sairauksia, joihin ihmiset ja eläimet kuolivat. Kansa kirosi Taivaan Jumalaa ja kumarsi suurta mustaa vuohta. Nyt Manasse näki Juudan ja Jerusalemin. Sotaisa kansa hyökkäsi sinne, ja Jerusalem tuhottiin. Manasse näki, että Herran temppeli tuhottiin, ja kansan ylimykset vietiin kahlehdittuna vankeuteen. Jälleen hän näki miehen kamelinkarvaisessa viitassa, joka yritti varoittaa kansaa, sen pappeja, paimenia ja johtajia, mutta miestä ei kuunneltu. Hän näki suuren vainon, joka puhkesi koko maanpiirissä. Herran papit, kansanjohtajat, paimenet ja kansa, joka lauloi Israelin Jumalalle Ben-hinnomin laaksossa, kulki halki maanpiirin etsien ja paljastaen niitä harvoja kansasta ja paimenista, jotka eivät suostuneet uhraamaan Ben-hinnomin laaksossa eivätkä kumartaneet suurta mustaa vuohta. Sitten kuningas näki ihmisjoukon, joka kulki itkien ja rukoillen. He kulkivat kohti Jerusalemia, joka oli jälleen rakennettu. Kaikkialta maanpiiristä tuli ihmisiä, jotka itkivät ja rukoilivat. He kulkivat laulaen kohti Jerusalemia. Sitten Manasse näki jälleen vuoren, jonka ympärille kokoontui valkopukuista kansaa. Hän itsekin oli siinä joukossa, jälleen kuin pieni poika, kuten silloin, kun hän meni Herran temppeliin isänsä Hiskian kanssa, iloiten lakkaamatta. Kansa lauloi Karitsalle.

Sitten Juudan kuningas heräsi unestaan ja mietti sitä.

Epilogi

Nuori kirjurioppilas laski kirjoitusneuvot käsistään. Manasse vaikeni ja näytti vaipuvan mietteisiinsä. Hän ei ollut ikänsä puolesta vielä mitenkään poikkeuksellisen vanha, mutta nuorukaisesta kuningas näytti hauraalta vanhukselta; aivan kuin eletyn elämät kolhut, huolet ja koettelemukset olisivat vanhentaneet häntä vielä kuluneita vuosiakin enemmän. Manasse käveli ikkunalle ja katseli ulos vaitonaisena.

Herrani kuningas, onko tässä todella kaikki, jota haluatte jälkipolville jättää? Manasse oli vielä hetken hiljaa ja sanoi sitten: *On, poikani. Tässä on kaikki, mitä on tarpeen kirjoittaa. On toki asioita, joita voisin vielä kertoa,*

146

*mutta niitä ei ole tarpeen laittaa nyt ylös. Eikä turvallistakaan. Mikään ei pysy tässä palatsissa salassa, ja on asioita, joita ei ole mahdollista nyt kertoa. Toivon, että poikani ja vallanperijä Aamon lukisi kirjoittamasi asiat, ja ottaisi sen varoituksena itselleen, mutta pelkään, ettei hän tee niin...*Sitten oveen koputettiin.

Tuleva kuningas

Viidenkymmenenpäämies seisoi oven takana. *Herrani kuningas, nuori Joosia haluaisi tavata kuninkaan....*Vanha kuningas ilahtui. *Totta kai lapseni Joosia voi tulla tänne, en nyt jaksa lähteä tästä mihinkään, tuokaa Joosia tänne!* Ovi sulkeutui jälleen ja avautui taas kohta. Sisään astuivat nuori Joosia äitinsä Jedidan kanssa. *Herrani kuningas, ettehän pahastu, että näin ilmoittamatta tulemme eteesi? Poikasi Aamon on jälleen metsästämässä, ja lupasin tuoda Joosian katsomaan kuningasta hyvityksenä, ettei hän päässyt isänsä mukaan metsästämään...*Nuori Joosia, vasta pieni poika, kumarsi kuningas Manassea, isänsä isää. Myös kirjurioppilas, joka oli ikään kuin unohtunut huoneeseen, kumarsi Jedidaa ja Joosiaa kevyesti. *Totta kai lapseni Joosia saa tulla! Israelin Jumala siunatkoon Joosiaa ja sinua, tyttäreni Jedida.* Kirjurioppilas katseli Joosiaa. Vaikka tämä oli vasta pieni poika, oli hänessä näkyvillä jotakin vakavuutta ja silmissä eräänlainen loiste. Katse oli vilpitön. Hän ei ulkoiselta olemukseltaan muistuttanut lainkaan isoisäänsä, jonka silmät olivat viirut, kasvot taas uurteiset ja vakavat sekä huolten ennenaikaisesti vanhentamat. Jotain samaa heissä kuitenkin oli. Jedida seisoi arvokkaan näköisenä Manassen edessä. Hän oli vasta nuori tyttö, mutta jonkinlainen voima ja ryhti huokui hänen olemuksestaan. Kirjurioppilaan mielestä nuori Joosia muistutti kaikilta piirteiltään äitiään, jonka katseessa oli myös samaa vilpittömyyttä ja loistetta. Manasse selvästi ihaili Jedidaa. *Niin, tämä nuorukainen on kirjurioppilas, joka kirjoittaa muistiin asioita, jotka poikani Aamonin, Joosian ja tämän kansan olisi hyvä painaa mieleensä, kun siirryn lepoon odottamaan sitä päivää, kun kaikki kuolleet herätetään...Hän on nimeltään...niin....mikä...olitkaan...nimeltäsi? Viidenkymmenenpäämies sen varmasti ilmoitti minulle, mutta olen jo unohtanut?* Nuorukainen vastasi: *Olen Baruk, Nerian poika.* Manassen muisti palautui. *Aivan, aivan..*Sitten hän siirtyi jälleen puhumaan Jedidalle ja Joosialle. *Niin, poikani Aamon tulee kohta kuninkaaksi, aavistan sen. Mutta myös poikasi Joosia on aikanaan Juudan hallitsija....eikä siihenkään välttämättä mene enää kauaa..*Manasse sanoi viimeiset sanat ikään kuin vahingossa, aivan kuin olisi tullut sanoneeksi sydämensä ajatuksen ääneen yleisölle, jolle se ei ollut tarkoitettu. Jedida näytti hieman pelästyvän appiukkonsa sanoja, mutta ei antanut sen näkyä kuin lyhyenä häivähdyksenä kasvoillaan. *Tyttäreni ei pidä säikähtää, voihan olla että siihen menee vielä kauankin, ja voihan olla, että pojastani Aamonista tulee hyvä ja hurskas hallitsija, joka elää pitkään...*Vanhan kuninkaan sanat jäivät ikään kuin ilmaan leijumaan.

Joosia ja Jedida jäivät keskustelemaan Manassen kanssa ja Baruk päätti poistua. Hän tervehti lähtiessään kuningasta, Jedidaa ja nuorta Joosiaa. *Poikani, siunathaan minua vielä, ennen kuin hyvästelemme?* Baruk siunasi Manassea. *Siunaattehan tekin minua, isäni?* Kuningas siunasi Barukia: *Herra, Israelin Jumala siunatkoon sinua, Hän antaa anteeksi kaikki sinun syntisi...*

Sitten Baruk astui käytävälle ja huomasi Jedidan hovineidot, jotka seisoivat oven ulkopuolella. Viidenkymmenenpäämies saattoi Barukia ulos. Baruk näki henkivartioston upseerin katseessa jotain tuttua ja rohkaistui kysymään: *Oletko sinä niitä harvoja Juudeassa, jotka palvelevat Israelin Jumalaa täydestä sydämestään?* Viidenkymmenenpäämies vastasi: *Olen, minä itse valitsin sinut kirjoittamaan kuninkaan sanat muistiin. Kuningasta kohtaan on tekeillä erilaisia salaliittoja, enkä olisi uskaltanut päästää ketään muuta kuin vilpittömän Israelin Jumalan palvelijan hänen kanssaan kahden. Myös sotamies, joka seisoi koko ajan oven takana, kaikkina päivinä jotka vietitte kuninkaan kanssa, on meitä, jotka uskomme Israelin Jumalaan ja odotamme sitä päivää, kun kuolleet herätetään ylös, ja sitä, joka syntyy Daavidin suvusta, josta Jumalan mies Jesaja ja profeetat ovat ennustaneet.*

Kateellinen opportunisti

Palatsin alueelta poistuessaan Baruk kohtasi hyvin vanhan miehen, jonka silmissä oli tylsistynyt ilme. Silmien alla olivat isot mustat silmäpussit ja suu oli vino. Miehen päälaki oli kaljuuntunut ja otsa korkea. Kasvoista loisti eräänlainen kateuden ja halveksunnan ristisiitos, kun hän pysäytti nuoren kirjurioppilaan. *Nyt kuningas sai siis muistelmansa ylös? Minun käteni tärisee ja näkönikään ei ole enää niin kuin nuorena, jolloin palvelin kuningas Hiskiaa ja opetin nuorta ja kuritonta Manassea kirjoittamaan, mutta minulla olisi ollut apulaisenani paljon kyvykkäitä kirjureita, jotka olisivat voineet kirjoittaa kuningas Manassen sanat ylös...Minä en voi ymmärtää, miksi siihen tehtävään valittiin noin nuori poika, joka on vasta oppilas, ja joka ei ole edes kuninkaan palveluskuntaa!* Kirjuri Josef katseli Barukia harmaat silmät täynnä vihaa. Baruk ei vastannut mitään, ainoastaan nyökkäsi vanhalle kirjurille. Mutta Josef ei luovuttanut, vaan asettui ikään kuin tien tukkeeksi ja jatkoi monologiaan: *Niin, niin, kaikki vain halveksuvat minua, vaikka olen palvellut uskollisesti Hiskiaa, Manassea, ja jos Jumala sallii, myös hänen poikaansa Aamonia. Minä olen aina palvellut kuningastani, vaikka heidän mielensä ovat muuttuneet ja kansa on välillä kumartanut baaleja, välillä Herraa. Minä olen aina vakaasti palvellut kuningastani, ja silti minua halveksitaan. Kuningas...Manasse...tiuskii...minulle.......... viidenkymmenpäämies tuijottelee minua epäluuloisesti ja kun kävelen kadulla, kansa supisee ja nuoret pojat ilmehtivät! Enkö minä ansaitsisi sentään jotain arvonantoa, minä, joka olen pitänyt tätä palatsia pystyssä vaikeina aikoina?* Kirjuri Josef purki kateuttaan ja kiukkuaan nuoreen Barukiin, kunnes tämä pääsi livahtamaan pois vedoten kiireeseen. Nuori kirjurioppilas hävisi kadunvilinään ja vanha Josef jäi lukittunein katsein katselemaan hänen peräänsä nähden kerjäläiset, portot, torikauppiaat, juoksevat pikkupojat ja viinituvasta ulos astuvat miehet.

Ja Manasse meni lepoon isiensä tykö, ja hänet haudattiin linnaansa. Ja hänen poikansa Aamon tuli kuninkaaksi hänen sijaansa. Aamon oli kahdenkymmenenkahden vuoden vanha tullessaan kuninkaaksi ja hän hallitsi Jerusalemissa kaksi vuotta. Hän teki sitä, mikä on pahaa Herran silmissä, niin kuin hänen isänsä Manasse oli tehnyt. Ja Aamon uhrasi kaikille niille jumalankuville, jotka hänen isänsä Manasse oli teettänyt, ja palveli niitä. Mutta hän ei nöyrtynyt Herran edessä, niin kuin hänen isänsä Manasse oli nöyrtynyt, vaan hän, Aamon, sälytti päällensä suuren syntivelan. Niin hänen palvelijansa tekivät salaliiton häntä vastaan ja tappoivat hänet hänen linnassansa. Mutta maan kansa surmasi kaikki ne, jotka olivat tehneet salaliiton kuningas Aamonia vastaan; ja maan kansa teki hänen poikansa Joosian kuninkaaksi hänen sijaansa.

(2. Aikakirja 33: 20-25).

Jälkisanat

Nämä jälkisanat ovat oikeastaan jatkoa alkusanoille ja ne kirjoitetaan tähän ainoastaan siksi, etten halunnut paljastaa tarinan juonta liikaa. Kuten kirjoitin, Manassen kääntymys on tämän kirjan pääasia, eivät niinkään historialliset yksityiskohdat. Lisäksi täysin tarkkoja tietoja kyseisestä aikakaudesta on melko haastavaa saada, ja olenkin hyväksynyt kirjoittamassani tarinassa tietynlaisen tulkinnanvaraisuuden.

Monet tarinan henkilöistä, kuten nuoren Manassen petolliset neuvonantajat, ovat epäilemättä historiallisia hahmoja. Myös Manassen äiti ja vaimo ovat todella eläneet, joskin heidän roolinsa ei ole varma: minulla ei ole tarkkaa tietoa, oliko Manassen äiti todella epäjumalien palvelija ja Joosian äiti hurskas uskovainen. Kyse on lähinnä omasta päättelystäni ja lähteiden tulkinnasta.

Pääilveilijän olemassaolostakaan ei ole varmuutta, mutta Raamatussa mainitaan, että jo muinaisina aikoina pakanakuninkailla oli hoveissaan ilveilijötä (esimerkiksi kuningas Akis 1. Samuelinkirja luku 21), niinpä sijoitin sellaisen myös pakanoita matkivan Manassen hoviin.

Beliarin pappeja ei mainita suoraan Raamatussa, mutta pseudagrafisessa *Jesajan kuolemassa* korostetaan nimenomaan, että Manasse meni ikään kuin yli " tavallisesta" epäjumalien palvonnasta ja palvoi todella Beliaria eli pääpaholaista. Toisaalta esimerkiksi 2. Aikakirjassa kerrotaan, että Manasse eksytti kansan tekemään enemmän pahaa kuin tekivät kanaanilaiset ennen israelilaisten tuloa. Tästä syystä tein Manassesta kirjaimellisesti saatananpalvojan, vaikka se puoli olikin vain yksi osa hänen monipuolista rappiotaan.

Manasse syyllistyi siis äärimmäisiin synteihin ja rikoksiin, mutta siitä huolimatta hänestä tuli Israelin Jumalan palvelija, joka itse asiassa jatkoi isänsä, kuningas Hiskian uskonpuhdistusta. Silti myöhemmin Raamatussa tulee ilmi, että Juuda ja Jerusalem joutuivat myöhemmin tuhotuiksi juuri Manassen pahojen tekojen tähden. Toisin sanoen Manasse itse lopulta pelastui, mutta synnillä oli valtavat seuraukset: osittain kuningas Manassen nuoruuden syntien tähden Juudan asukkaat vietiin pakkosiirtolaisuuteen, alkuperäinen Jerusalemin temppeli tuhottiin, liitonarkki jäi kateisiin ja Daavidin kuningassuku katkesi. Silti Manasse mainitaan Jeesuksen sukuluettelossa kuten monet muutkin suursyntiset. Manassen tarina on lohduttava esimerkki siitä, kuinka äärimmäisetkin synnit voi saada anteeksi.

Liitteet:

Luettelo Israelin ja Juudan kuninkaista ja hallitsijoista :

Israel ja Juuda yhtenäisvaltakunta:

Vuosiluvut laadittu Iso Raamatun Tietosanakirjan mukaan (Aapeli Saarisalo, 1975), eri lähteissä vuosiluvuissa on isohkojakin heittoja ja epätarkkuuksia.

Saul (kuninkaana 1052-1012 eKr.)

Iisboset (? eKr.)

Daavid   (1012- 972 eKr.)

Salomo   (972-932 eKr.)

Juuda:

Rehabeam (932-915 eKr.)

Abia   (915-913 eKr.)

Asa   (913-874 eKr.)

Josafat   (874-854 eKr.)

Jooram   (854-842 eKr.)

Ahasja   (842 eKr.)

Atalja   (842-836 eKr.)

Jooas   (836-798 eKr.)

Amasja (798-786 eKr.)

Ussia   (786-749 eKr.)   **Jesaja**

Jootam (749-734 eKr.)

Ahas   (734-728 eKr.)

Hiskia (728-697eKr.)

Manasse (697-642 eKr.)

Aamon (642-640 eKr.)

Joosia (640-609 eKr.)   **Jeremia**

Jooahas (609 eKr.)

Joojakim (609-597 eKr.)

Joojakin (597 eKr.)

Sidkia (597-586 eKr.)

Israel:

Jerobeam I   (932-911 eKr.)

Nabad   (911-910 eKr.)

Baesa   (910-887 eKr.)

Eela   (887-886 eKr.)

Simri   (886 eKr.)

Omri   (886-875 eKr.)

Ahab   (875-854 eKr.)

Ahasja   (854-853 eKr.)   **Elia**

Joram   (853 -842 eKr.)

Jehu   (842-815 eKr.)   **Elisa**

Joahas   (815-799 eKr.)

Joas   (799-784 eKr.)

Jerobeam II (784- 745 eKr.)

Sakarja   (745 eKr.)

Sallum   (745 eKr.)

Menahem   (745-736 eKr.)

Pekahja   (736-735 eKr.)

Pekah   (?)

Hoosea   (730- 722 eKr.)

Muita profeettoja: Jooel (Jooaksen aikana), Sakarja (Ussian aikana), Joona, Aamos, Hoosea (Jerobeam II aikana), Obed (kuningas Hoosean aikana).

Joitakin merkittäviä tapahtumia: **1. temppeli:** Jerusalemin temppeli vihitään 960 eKr.   Valtakunta jakaantuu eteläiseen Juudaan ja pohjoiseen

Israeliin 932 Ekr. Sargon II valloittaa Israelin pääkaupungin Samarian ja pohjoiset heimot viedään pakkosiirtolaisuuteen 722 eKr. Manasse joutuu vankeuteen 687 eKr. Lain kirja löydetään Manassen pojanpojan Joosian aikana temppelistä ja hän aloittaa laajan uskonpuhdistuksen 622 eKr. **Nebukadnessar II valloittaa Juudan 605 eKr**. Jerusalem valloitetaan 597 Ekr. ja osa kansasta viedään pakkosiirtolaisuuteen. Jerusalemia aletaan piirittää jälleen 588 eKr. ja valloitetaan ja temppeli hävitetään 586 eKr. Suurin osa Juudan kansasta viedään pakkosiirtolaisuuteen Baabeliin. Loput pakkosiirtolaiset viedään pois 582 eKr. Danielin näyt 554 eKr. **Juutalaiset Persian vallan alla 539-332 eKr**. Noin 50 000 juutalaista palaa takaisin v. 538 eKr. Uuden temppelin perustus lasketaan 537 eKr. **2. temppeli:** Uusi temppeli vihitään 516 eKr. Ester kuningattareksi 480 eKr. Esra Jerusalemiin 2000 juutalaisen kanssa 458 eKr. Jerusalemin muurin korjaus alkaa Nehemian johdolla 445 eKr. **Kreikkalaisten valta.** Aleksanteri Suuri tulee Jerusalemiin 332 eKr. **Ptolemaikset hallitsevat noin 320-198 eKr.** Antiokhos III valloittaa Jerusalemin 202 eKr. **Juutalaiset siirtyvät Syyrian vallan alle 198 eKr**., kun Antiokhos III pakottaa maksamaan veroa. Antiokhos IV sortaa hurskaita juutalaisia ja lakkauttaa teurasuhrin 167 eKr. Makkabialaiset aloittavat vapaustaistelun ja hallitsevat vuoteen 63 eKr. asti. **Rooman valta alkaa 63 eKr. Jeesus syntyy noin vuoden 5 eKr. tietämillä. Jeesus ristiinnaulitaan ja nousee ylös noin vuonna 30. Titus piirittää Jerusalemin ja temppeli hävitetään vuonna 70 jKr.**

(Iso Raamatun Tietosanakirja) .

I Taustaa

Elämä kuningas Manassen aikakaudella oli jotain sellaista, jota emme pysty kunnolla kuvittelemaan, saati, että meillä olisi aikakaudesta kovinkaan paljoa varmaa tietoa. Joitakin arkeologisia löytöjä muinaisesta Israelista ja Juudasta on tehty, ja niistä ainakin osa on yhtäpitäviä Raamatun kirjoitusten kanssa. Historiantutkijat ovat joka tapauksessa melko yksimielisiä siitä, että Vanhassa testamentissa mainittu Juudan ja Jerusalemin tuho sekä toisen temppelin hävittäminen ovat historiallinen tosiasia. Jerusalemin tuhon ajankohdaksi on usein esitetty vuotta 586 tai 587 eKr. Toisin sanoen reilut viisikymmentä vuotta Manassen kuoleman jälkeen.

Kaikkein tunnetuimman israelilaisten kuninkaan, Daavidin, jälkeen hänen poikansa Salomo nousi valtaistuimelle. Salomon aika oli eräänlainen kulta-aika. Raamatun mukaan ajanjakso oli suhteellisen rauhallinen ja myös taloudellisesti yltäkylläinen. Salomonin kuoleman jälkeen valtakunta kuitenkin jakautui pohjoiseen Israeliin, jonka pääkaupunkina oli Samaria, ja eteläiseen Juudaan, jonka pääkaupunkina pysyi Jerusalem. Kultillinen, " oikea" jumalanpalvelus säilyi myös edelleen Jerusalemin temppelissä, jonka suunnittelun Daavid oli aloittanut ja Salomo toteuttanut. Valtakunnat kävivät keskenään sotia, mutta toisinaan myös liittoutuivat sotilaallisesti tai taloudellisesti. Pohjoinen valtakunta joutui Assyrian valloittamaksi vuonna 722 eKr. (Tästäkin myös raamattukriittiset tutkijat ovat melko yksimielisiä). Myöhemmin kuningas Hiskian aikaan Assyria hyökkäsi Jerusalemia vastaan, mutta Jumalan tekemän ihmeen ansiosta valloitusyritys epäonnistui pahoin.

Vanhan testamentin Kuningasten kirjat ja Aikakirjat toistavat ja täydentävät Juudan ja Israelin kuningasten historiaa. Synkkä pohjavire on molemmissa sama: lähes kaikki kuninkaat epäonnistuivat tehtävässään. Hallitsijat ottivat puolisoikseen vieraita uskontoja harjoittavia naisia ja ryhtyivät myös itse usein epäjumalien palvojiksi. Hiskia oli yksi harvoista uskovaisista kuninkaista, vaikka hänkin epäonnistui osittain ja ylpistyi väliaikaisesti. Kenties kaikkein pahin pilkkaaja ja murhaaja oli kuitenkin hänen poikansa Manasse (nimi voi tarkoittaa: *Hän saa unohtamaan*) joka nousi valtaistuimelle vasta 12-vuotiaana ja hallitsi yli viisikymmentä vuotta. Kuten 2. Kuningasten kirja, myöskään pseudegrafinen *Jesajan taivaaseenastuminen* ei mainitse Manassen parannusta. Syitä tähän selvitellään myöhemmin.

Manassen aikakausi on myös siinä mielessä merkittävä ja mielenkiintoinen, että se ajoittuu kahden "suuren" profeetan, Jesajan ja Jeremian kausille (heitä nimitetään suuriksi kirjojen pituuden mukaan). Jeremia oli ilmeisesti vain muutaman vuoden ikäinen Manassen kuollessa, mutta on uskottavaa, että Manassen ajan jälkivaikutus on tuntunut Juudassa vielä pitkään. Varsinkin, kun Aikakirjan luku 33 mainitsee, ettei kansa tehnyt parannusta kuninkaansa mukana ja Manassen poika Amon jatkoi nimenomaan isänsä pahoja tekoja: *"..ei nöyrtynyt Herran edessä, vaan lisäsi yhä syntiensä määrää"*. Raamatussa myös kerrotaan, että Jumala antoi Juudan ja Jerusalemin tuhoutua Manassen tekojen takia **(Jeremia 15:4; 2. Kuningasten kirja 21)**. Myöhemmin Manassen pojanpoika Joosia pani toimeen eräänlaisen uskonpuhdistuksen **(2. Aikakirja 34-35)** mutta nämä toimet eivät Raamatun mukaan saaneet Jumalaa peruuttamaan rangaistustaan. Silti sama Raamattu todistaa, että kuningas Manasse sai anteeksi suuret syntinsä.

II Manasse, uskovaisen kodin lapsi

Kuningas Hiskia, Manassen isä, eli aikana jolloin Juudaa koeteltiin. Assyrian kuningas Sanherib hyökkäsi Jerusalemia vastaan. Vanhan testamentin mukaan Herran enkeli aiheutti niin laajaa tuhoa hyökkääjän sotaleirissä, että sotaretki jouduttiin nolosti peruuttamaan. Myöhemmin Sanheribin omat jälkeläiset surmasivat tämän **(2. Aikakirja 32)**. Juuda ja uskovainen Hiskia saivat kokea Raatteentietäkin suuremman ihmeellisen torjuntavoiton Jumalan avulla. Myöhemmin Hiskia kuitenkin ylpistyi ja sairastui, mutta parani ihmeellisesti ja sai Raamatun mukaan lähteä tästä ajasta armon saaneena.

Hiskia oli siis poikkeus Juudan kuninkaitten joukosta: hänen isänsä oli ollut jumalaton Aahas, josta jälipolville ei jäänyt mairittelevaa todistusta. ..*" hän uhrasi Ben-hinnomin laaksossa ja pani poikansa kulkemaan tulen läpi. Näin hän noudatti niiden kansojen kauhistuksia, jotka Herra oli hävittänyt israelilaisten tieltä"* **(2. Aikakirja 28)**. Ilmaisu " tulen läpi kulkeminen" ei siis tässä yhteydessä tarkoita tulisilla hiilillä kävelyä tai aikuistumisriittiä vaan ihmisuhria. Samaan syyllistyivät myös jotkin muut juutalaiset hallitsijat ja kaanaanilaiset ennen israelilaisten maan valloitusta. Myös Manasse syyllistyi ihmisuhraukseen polttamalla oman poikansa tulessa.

On epäselvää miksi Manassesta tuli poikkeuksellisen julma hirmuhallitsija. Nykyajan järkeistiede (lue: tiedeuskovaisuus) keksisi varmasti psykologisia selityksiä nuorukaisen kieroutumiseen: kenties Manasse oli ollut kaltoinkohdeltu tai mielenvikainen, kukaties hänellä oli adhd tai masennus ja varhainen päihderiippuvuus, joka johtui tietenkin isä- Hiskian ankarasta uskonnollisuudesta ja sen ajan ihmisten tietämättömyydestä verrattuna nykyihmisen sivistykseen ja "viisauteen". Ehkä Manasse oli autismin kirjoilla , mutta sen ajat taikauskoiset ja tietämättömät ihmiset eivät sitä tajunneet? Nämä voivatkin toki olla yksi osaselitys, mutta yhtä hyvin Manassella saattoi olla onnellinen lapsuus ja hän saattoi olla hyvinkin etuoikeutettu, jopa hemmoteltu. Manassella oli epäilemättä kaikki mahdollinen tieto Jumalasta ja oikeasta jumalanpalveluksesta sekä Mooseksen laista, jossa nimenomaan kiellettiin ihmisuhrit, epäjumalien palvonta ja muu noituus ja merkeistä ennustaminen. Mitä hänelle siis oikein tapahtui?

Jotain valoa asiaan saattaisi tuoda Manassen äidin, Hefsiban, taustan tunteminen. Hefsiba oli mahdollisesti ei-juutalaista syntyperää oleva arabialainen. Viettelikö juuri hän poikansa epäjumalanpalvelukseen? Tämä on Raamatun antamien tietojen perusteella vain arvailujen tai päätelmien

166

varassa. Kenties äiti oli täysin syytön tapahtuneeseen. Joka tapauksessa Hiskia ei johdatellut poikaansa epäjumalanpalvelukseen saati ihmisuhreihin. Vaatisi myös parempaa tietoa Hefsiban taustasta ja arabialaisesta uskonnollisuudesta että asiasta voisi lausua mitään järkevää. Itse pidän kuitenkin todennäköisimpänä, että kanaanilaisten, assyrialaisten ja äidin sekä isoisän (Aahas) uskonnollisuuden matkiminen on vaikuttanut nuoren Manassen toimintaan kaikkein voimaikkaimmin.

Raamatussa on lukuisia esimerkkejä kuninkaiden viettelijöistä: Ahabilla oli Iisebel **(1. Kuningasten kirja 16)**, Herodeksella Herodias (mm. Markus 6) , Salomolla valtava haareeminsa **(1. Kuningasten kirja 11)**. Aina hallitsijan harhaanjohdattaja ei ollut vaimo, vaan esimerkiksi Kyproksen käskynhaltijalla Sergius Pauluksella oli tietäjä Elymas **(Apostolien teot 13)**.

Nuori Manasse

Juutalainen perimätieto kertoo pseudagrafisen *Jesajan taivaaseen astuminen* muodossa jotain Manassen lapsuudesta. Kuten edellä mainittu, kirjoitus ei ole osa Raamatun kaanonia. Olen lainannut Tuomas Leväsen suomentamaa käännöstä.

Ja tapahtui Juudaan kuningas Hiskian 26. hallitusvuotena, että hän kutsui luokseen poikansa Manassen. Hän oli hänen ainoa poikansa. Ja hän kutsui profeetta Jesajan, Aamoksen pojan, paikalla ollessa ja Josabin, Jesajan pojan, paikalla ollessa, tarkoituksena johdattaa hänelle vanhurskauden sanat, jotka kuningas oli itse nähnyt, ja ikuisista helvetin tuomioista ja kidutuksesta ja tämän maailman ruhtinaasta ja hänen enkeleistään ja hänen valloistaan ja voimistaan. Ja Valitun uskon sanat , jotka hän itse oli nähnyt hallituksensa 15.vuotena, sairautensa aikana. Ja hän keroi hänelle kirjoitetut sanat, jotka kirjuri Samnas oli kirjoittanut, ja myös ne , jotka Aamoksen poika Jesaja oli antanut hänelle ja myös profeetoille, että he voivat kirjoittaa ja tallentaa hänen kanssaan, mitä hän oli nähnyt kuninkaan talossa koskien enkelien tuomiota ja tämän maailman tuhoa ja koskien pyhien vaatteita ja heidän lähtöään ja koskien heidän muuttumistaan ja heidän muuttumistaan ja Valitun vainoa ja taivaaseen nousemista. Hiskian hallituksen 20.vuotena Jesaja oli nähnyt tämän profetian sanat ja oli kertonut ne pojalleen Josabatille. Ja kun hän antoi käskyjä, Jesajan poika Josab seisoi vierellä. Jesaja sanoi kuningas Hiskialle, mutta ei Manassen läsnäollessa, hän sanoi hänelle: Niin kuin Herra elää, ja henki, joka minussa puhuu, elää, kaikki nämä käskyt ja nämä sanat eivät tee mitään vaikutusta poikaasi Manasseen, ja hänen käsiensä vaikutuksesta minä kuolen, ruumiini kidutuksen kautta. Ja Sammael Malchira palvelee Manassea ja täyttää kaikki hänen tarpeensa ja hänestä tulee ennemmin Beliarin seuraaja kuin minun. Ja monet Jerusalemissa ja Juudeassa hän saa hylkäämään todellisen uskon , ja Beliar elää Manassessa ja hänen käsiensä kautta minut tullaan sahaamaan kahtia.

Ja kun Hiskia kuuli nämä sanat, hän itki hyvin katkerasti , ja repi vaattensa ja laittoi multaa päänsä päälle ja kaatui kasvoilleen. Jesaja sanoi hänelle: Sammaelin liitto Manassea vastaan on valmistettu, mikään ei auta sinua.

Ja tuona päivänä Hiskia päätti sydämessään tappaa poikansa Manassen. Ja Jesaja sanoi Hiskialle: Valittu ei ole vaikuttanut suunnitelmaasi, ja sydämesi tarkoitus ei täyty, sillä tällä kutsumuksella minut on kutsuttu ja minä perin Valitun perintöosan.

Synkät pilvet Manassen yllä

Myös *Jesajan taivaaseen astuminen* antaa ymmärtää että nuori prinssi sai huonoja vaikutteita jostakin. Eräs toinen Juudan kuninkaista, Ahasja, sai hänkin huonoja ohjeita: *Myös Ahasja kulki Ahabin suvun tietä, sillä hänen äitinsä oli hänen neuvonantajansa ja johdatti häntä jumalattomuuteen* **(2. Aikakirja 22).** On siis täysin mahdollista, jopa todennäköistä, että nuori Manasse ei keksinyt pelkästään omasta päästään ruveta tuhoamaan isänsä aloittamaa uskonnollista reformia ja harjoittamaan vielä pahempia tekoja kuin alueella ennen israelilaisia asuneet kansat.

Kuitenkaan meillä ei ole tarkkaa tietoa siitä, mitä nuorelle, uskovaisen isän uskovaisena syntyneelle pojalle tapahtui. Manasse oli siis kaksitoistavuotias noustessaan valtaistuimelle kuolleen Hiskian paikalle. Käytännössä hän oli siis lapsi, joka ei olisi nykyaikana saanut ajaa mopolla liikenteessä tai ampua ilotulitusrakettia, ei ehkä edes olla yötä yksin kotona. Oliko hän vain sätkynukke, jota israelilaisten viholliset käyttivät valtaansa vahvistaakseen, vai oliko hänellä omia pyrkimyksiä romuttaa kaikki, mitä hänen isänsä oli saanut aikaan? Vai nousiko hänellä yksinkertaisesti valta päähän, ja hän ajatteli voivansa tehdä mitä tahansa ilman rangaistusta? Manasse ei ollut mikään suurvaltajohtaja vaan piskuisen Juudan hallitsija, joka joutui tasapainoilemaan kuin trapetsitaiteilija ympäröivien suurvaltojen, kuten Assyrian ja Egyptin, mielenliikkeiden mukaisesti.

Joosia, Manassen pojanpoika, joutuikin egyptin hallitsija Farao Nekon (toisinaan kirjoitetaan Nekau II, hallitsijana mahdollisesti vuosina 610-595 eKr.) surmaamaksi (**2. Aikakirja 35).** Manasse joutui itse puolestaan aasyrialaisten vangiksi ennen kääntymystään. Juudan asema ei siis inhimillisesti tarkasteltuna ollut mitenkään itsestään selvä ympäröivät kansat huomioon ottaen. Sodan uhka leijui ilmassa toistuvasti, vaikka rauhallisempiakin jaksoja historiaan mahtuu.

Jesajan taivaaseen astumisessa mainitaan Hiskian halu tappaa poikansa Manasse. Kuitenkin Jesaja neuvoo yrityksen olevan turha: näin on tarkoitettu tapahtuvan. Toisaalta voi olettaa Manassen olleen isänsä esirukousten aiheena useinkin. Raamatussa mainitaan muitakin toivottomassa tilanteessa rukoilevia, kuten Job, Aabraham, Daavid.. Epäilemättä Manassen puolesta rukoiltiin paljon; kenties rukoilijoina oli muitakin kuin Hiskia?

III Manasse nousee valtaistuimelle

Kuten edellä jo useammankin kerran mainittu, Manasse oli varhaisnuori, esimurrosikäinen poika noustessaan hallitsijaksi. 2. Kuningasten kirjassa kerrotaan, että *hän teki sitä, mikä oli väärää Herran silmissä. Hän harjoitti samoja iljettävyyksiä kuin ne kansat, jotka Herra oli hävittänyt israelilaisten tieltä.* Lisäksi mainitaan, että Manasse toimi pahemmin kuin amorilaiset **(2. Kuningasten kirja 21).** Nuori kuningas alkoi siis järjestelmällisesti tuhoamaan isänsä aloittamaan uskonpuhdistusta ja pystytti baalit (mikä saattaa tarkoittaa epäjumalien patsaita yleisemmin, eikä pelkästään jotain tiettyä jumaluutta), sekä kumarsi ja palveli taivaan tähtiä, palkkasi enteiden selittäjiä ja henkien manaajia. Oman epäjumalanpalveluksensa lisäksi Manasse myös eksytti kansaansa samoihin synteihin. Lisäksi Manasse harjoitti veritöitä, mikä mahdollisesti tarkoittaa esimerkiksi alkuperäisestä jumalanpalveluksesta kiinnipitävien vainoamista, kuten pseudagrafisissa *Jesajan kuolema* ja *Jesajan taivaaseen astuminen* viittaa.

Manasse ei toisin sanoen ollut uskonnoton, agnostikko, vapaa-ajattelija tai ateisti. Hän epäilemättä uskoi itse yliluonnolliseen ja kenties jopa Jahven olemassaoloon.

172

Manasse oli lapsenmurhaaja

Manasse elvytti Juudassa jälleen ikivanhan perinteen, jossa lapsia uhrattiin polttamalla. Jo Mooses mainitsee lapsiuhrit: *Sano israelilaisille: Jos joku israelilainen tai israelilaisten keskuudessa asuva siirtolainen uhraa lapsensa Molokille, hänet on surmattava: sen seudun väki kivittäköön hänet hengiltä. ...Jos seudun väki kuitenkin ummistaa silmänsä siltä, että hän on uhrannut lapsensa Molokille, eikä surmaa häntä, minä itse käännyn häntä ja hänen perhettään vastaan..*(**3. Mooseksen kirja 20).**

Ihmisuhrit olivat ilmeisesti hyvin yleinen ilmiö kanaanilaisten keskuudessa jo ennen israelilaisten maan valloitusta, mutta tapa levisi jossain määrin myös valitun kansan keskuuteen, koska ihmisuhreista varoitetaan toistuvasti Vanhassa testamentissa. Toisaalta, eipä lasten surmaaminen joko kohtuun tai jopa syntymän jälkeen ole vierasta " kristillisissä" länsimaissakaan...

Manasse palvoi paholaista

Sen lisäksi että Manasse hankki merkkien selittäjiä, hän myös asetti epäjumalien patsaat Jerusalemin temppeliin. Oliko kyseessä sitten jonkun tietyn jumaluuden patsaat vai Jahvea esittävä patsas, ei ole varmaa, mutta joka tapauksessa teko on erikseen mainittu Vanhan testamentin Manasse-kuvauksessa. Aikalaiset tai myöhemmät kronikoitsijat ovat ilmeisesti pitäneet tekoa poikkeuksellisen pöyristyttävänä.

Vanhassa testamentissa ei erikseen korosteta, että Manasse olisi tietoisesti palvellut itse paholaista. Sen sijaan edellä lainatuissa pseudagrafeissa tätä seikkaa, Beliarin, palvontaa korostetaan. Täysin varmaa ei siis ole, että Manasse olisi tieten tahtoen palvonut pääpaholaista. Toisaalta Vanhassa testamentissa korostetaan Manassen tehneen pahemmin kuin ympäröivät kansat (jotka olivat epäjumalien palvojia). Oliko Manasse siis mennyt " pidemmälle" kuin muut ja palvonut tietoisesti paholaista? Tässä kirjassa otin vapauden esittää asian juuri siten, vaikka täyttä varmuutta ei ole, ainoastaan perimätietoon perustuvat pseudagrafit.

Manasse eksytti omaa kansaansa, mutta jotkut pakenivat vainoja

2. Aikakirjan luku 33 mainitsee: *Manasse eksytti Juudan ja Jerusalemin tekemään vielä enemmän pahaa kuin ne kansat olivat tehneet, jotka Herra oli hävittänyt israelilaisten tieltä.* On selvää, että jos kansan johtajat toimivat väärin saamatta siitä minkäänlaista rangaistusta , johtaa se myös laittomuuden lisääntymiseen kansan syvissä riveissä. Jos oikea usko on kiellettyä ja sen harjoittajia vainotaan, voi tapahtua uskosta luopumista. *Jesajan taivaaseen astuminen* kuvaa, kuinka osa juutalaisista pakeni vainoja syrjäisemmille seuduille. Myös Raamatussa mainitaan, että jo aikaisemmin, profeetta Elian aikoina, paettiin keskushallintoa ja uskonvainoja **(1. Kuningasten kirja 18-19)**. Apokryfisessa 1.Makkabealaiskirjassa kerrotaan,

kuinka Mooseksen laissa pitäytyviä juutalaisia vainottiin Antiokus Epifaneen toimesta, ja osa pakeni yhteiskunnan ulkopuolelle vuoristoon (**1. Makkabealaiskirja 2: 28**). Myös Uuden testamentin Heprealaiskirjeessä viitataan vainoihin: *Toiset saivat osakseen pilkkaa ja ruoskaniskuja, jopa kahleet ja vankeuden. Heitä kivitettiin kuoliaaksi, heitä sahattiin kahtia ja surmattiin miekalla lyöden. He joutuivat kuljeksimaan lampaan – ja vuohennahat vaatteinaan, he kärsivät puutetta, heitä ahdistettiin ja piestiin. He olivat liian hyviä tähän maailmaan, ja niin heidän oli harhailtava autiomaassa ja vuorilla ja asuttava luolissa ja maakuopissa (* **Hep. 11: 36-38**). Toisaalta, kirkkohistoriasta ilmenee, että vainot ovat edeltäneet herätyksiä ja kirkastaneet kristinuskon sanomaa. Vaino ja vastustus seuraavat myös aina ennemmin tai myöhemmin aitoa uskoa.

IV Juudan kansan lopunaika

Manassea varoitetaan

" Herra puhui Manasselle ja hänen kansalleen, mutta he eivät kuunneelleet" (**2. Aikakirja 33)**. Jesajan kirjassa mainitaan, että profeetta Jesaja yritti varoittaa kansaa (myös muuna kuin Manassen hallitsijakaudella), ja vertasi Juudan asukkaita sodomalaisiin: *"Kuulkaa Herran sana, te Sodoman johtajat, kuuntele Jumalan puhetta sinä Gomorran kansa"* (**Jesaja 1:10**). Jesaja rinnastaa Jumalasta luopuneen kansan toisenkin kerran sodomalaisiin: *" Heidän röyhkeytensä ei jää kätköön, se näkyy heidän kasvoillaan. Kuin Sodoman väki he kerskuvat synneistään, mitään kaihtamatta. Voi heitä! Itselleen he pahaa tekevät"*(**Jesaja 3)**. Myös *Jesajan taivaaseen astuminen* mainitsee Jesajan rohkeasti rinnastaneen luopiokansan sodomalaisiin Manassen hallituskaudella: *" Ja Jerusalemia hän on kutsunut Sodomaksi ja Jerusalemin ruhtinaiden hän on*

177

julistanut olevan Gomorran kansa. Ja hän toi monia syytöksiä Jesajaa ja profeettoja vastaan Manassen eteen". Jesajan lisäksi myös muut profeetat moittivat kansaa ja sen johtajia ja uskaltautuivat jopa nimittämään Jerusalemia Sodomaksi, vaikka kaupunki oli jumalanpalveluksen keskus ja siellä sijaitsi Jumalan pyhittämä temppeli. Jesaja ja muut ajan profeetat eivät siis mielistelleet kansan johtajia mennen " esivallan kunnioittamisen" taakse piiloon. Myös Vanhassa testamentissa mainitaan kansan johtajien kunnioittaminen: *" Tuomareita ei sinun pidä kiroileman, ja ylimmäistä sinun kansassas ei pidä sinun sadatteleman"* (**2. Mooses 22: 28. Vuoden 1776 käännös)**. Vuoden 1992 käännös ilmaisee saman asian hieman eri tavalla: *" Älä herjaa Jumalaa äläkä kiroa kansaasi kuuluvaa päämiestä".* On mielenkiintoista, etteivät tuon ajan uskovaiset, jotka epäilemättä tunsivat Mooseksen lain, kokeneet päämiesten nimittämistä "Sodoman johtajiksi" nousemisena esivaltaa vastaan, eikä Jesaja kokenut nousevansa hengellistä esivaltaa vastaan, vaikka nimitti Jerusalemia, kaupunkia, jossa sijaitsi Herran temppeli ja kultillinen keskus, " portoksi" **(Jesaja 1)**.

Mistä Jesaja sitten varoitti Jerusalemia ja Juudaa? *" Jerusalem sortuu ja Juuda kaatuu, koska ne ovat Herraa vastaan sanoin ja teoin".* Ja: *" Tietäkää: Jumala, Herra Sebaot, ottaa pois Juudalta ja Jerusalemilta kaiken tuen ja turvan, runsaan veden ja leveän leivän"* **(Jesaja 3)**. Raamatun mukaan Jumala uhkasi kansaansa nälänhädällä ja sodalla, jopa koko yhteiskunnan sortumisella. Tätä ei voi tulkita pelkästään vertauskuvallisesti, koska Jesajan (ja myöhemmin Jeremian) ennustus toteutui kirjaimellisesti. Jerusalem tuhottiin, Juudassa asuva kansa vietiin suurelta osin pakkosiirtolaisuuteen ja jopa Jumalan temppeli tuhottiin. Näkyvä hengellinen ja ajallinen turva riistettiin. Myöhemmin Raamatussa kerrotaan, että Jahve ei kuitenkaan tuhonnut luopunutta kansaansa tyystin, vaan Jerusalemin temppeli rakennettiin uudestaan. Tämä siitä huolimatta, että kansa oli johtajineen vaipunut näkyvään epäjumalanpalvelukseen, lapsenmurhiin ja haureuteen, jota esivalta ei edes yrittänyt kunnolla torjua.

Jesajan kuolema

Murhasiko Manasse profeetta Jesajan? Tässä kohtaa täytyy todeta, ettei Raamattu ainakaan suoraan mainitse asiaa, joten lopullista varmuutta emme voi tällä hetkellä saada. Uuden testamentin Heprealaiskirje viittaa kuitenkin " kahtia sahattuihin" marttyyreihin **(Hep. 11: 37)**. Viitataanko tässä siis mahdollisesti Jesajaan? Toisaalta myös pseudagrafinen *Jesajan* *kuolema* sekä *Jesajan taivaaseen astuminen* antavat selonteon, jossa juuri kuningas Manasse on kätyreidensä yllytyksestä tehnyt itsensä syypääksi Jesajan raakaan teloitukseen. " *Ja he pitelivät kiinni ja sahasivat kahtia Jesajan, Aamoksen pojan, puisella sahalla. Ja Manasse ja Belchira ja väärät profeetat ja ruhtinaat ja kaikki kansa seisoi katselemassa. Ja profeetoille, jotka olivat hänen kanssaan, hän sanoi: Menkää Tyyroon ja Siidonin maahan, sillä minulle ainoastaan Jumala on sekoittanut maljan. Ja kun Jesajaa sahattiin kahtia, hän ei huutanut ääneen eikä itkenyt, vaan hänen huulensa puhuivat Pyhän Hengen kanssa, kunnes hänet oli sahattu kahtia (* Jesajan taivaaseen astuminen).

Assyria hyökkää ja Manasse viedään vankeuteen

Vanhassa testamentissa kerrotaan lyhyesti, kuinka itäinen suurvalta Assyria hyökkäsi Juudaan ja vei kuningas Manassen kahleissa ja nenärenkaassa Baabeliin **(2.Aikakirja 33)**. Kuningasten kirjat eivät mainitse tapahtumaa, kuten eivät Manassen parannustakaan, mutta 2. Kuningasten kirjassa viitataan Juudan kuningasten Aikakirjaan (2. Kun. 21: 17. Vuoden 1992 käännös käyttää sanaa *Juudan kuningasten historiassa*). 2. Kuningasten kirja kertoo siis samoista tapahtumista hyvin typistetysti. Vastaavaa typistämistähän esiintyy muuallakin Raamatussa, esimerkiksi Markuksen evankeliumissa. Silti typistetty versio ei kumoa muiden laajempaa selostusta.

Manasse siis vangittiin ja kahlehdittiin. Lisäksi kuningasta haluttiin vielä erityisesti nöyryyttää laittamalla hänelle nenärengas, josta häntä talutettiin. Vuoden 1776 käännös kertoo tapahtumista hieman eri sanoin: *He ottivat Manassen kiinni orjantappurain seasta ja sitoivat hänet kaksilla kahleilla ja weiwät Babeliin* **(2. Aikakirja 33:11)**. Muissa käännöksissä ei mainita " orjantappuroita" ja 1933 käännöksessä mainitaan " koukut" joihin Manasse kytkettiin: *Niin Herra toi Assurin kuninkaan sotapäälliköt heidän kimppuunsa. He ottivat Manassen kiinni koukuilla, kytkivät hänet vaskikahleisiin ja veivät hänet Baabeliin* **(2. Aikakirja 33: 11. Vuoden 1933 käännös)**. Vuoden 1992 käännös kuvaa saman jakeen seuraavasti: *Silloin Herra lähetti heidän kimppuunsa Assyrin kuninkaan sotapäälliköitä. He panivat Manassen kahleisiin ja veivät hänet nenärenkaasta taluttaen*

Babyloniin.

Jos kyseessä on todella nykyisen Irakin alueella sijaitseva historiallinen Babylonin kaupunki, on sinne Jerusalemista matkaa noin tuhat kilometriä. Jo pelkästään matkan vankeuteen on täytynyt olla tavattoman rasittava ja aikaa vievä.

V Manasse tekee parannuksen

Mitä on parannus?

Aivan aluksi on syytä puhua lyhyesti siitä, mitä parannuksen teko varsinaisesti tarkoittaa ja miten se on kirkkohistoriallisesti ymmärretty erityisesti luterilaisessa kontekstissa. Itsessään sana " parannuksen teko" on luterilaisittain hieman ongelmallinen: siinähän on " teko". Lutherhan juuri opetti, että ihminen vanhurskautetaan *uskosta,* ei *teoista.* Luther kirjoittaa *Galatalaiskirjeen kommentarissa* (tai *Galatalaiskirjeen selitys*) seuraavaa: *Teemme siis Paavalin kanssa johtopäätöksen: me tulemme vanhurskaiksi ainoastaan uskosta Kristukseen, tarvitsematta lakia ja tekoja. Mutta sitten, kun ihminen on uskosta vanhurskautettu ja kun hän jo omistaa Kristuksen ja tuntee Hänet vanhurskaudekseen ja elämäkseen, hän todellakaan ei pysy toimetonna vaan kantaa kuin hyvä puu ainakin hyviä hedelmiä. Uskovaisella näet on Pyhä Henki: ja missä Hän on, Hän ei salli*

183

ihmisen olla toimetonna.

Toisaalla kirjoittaa reformaattori: *Lapseni, älkää rakastako sanoin ja puheessa vaan teoin ja totuudessa* **(1. Johanneksen kirje 3: 18)** *.Apostoli puhuu valheveljiä ja teeskentelijöitä vastaan, joiden evankeliumi on vain suussa ja kielellä. He kuorivat siitä vain vaahdon päältä ja ajattelevat, että evankeliumi ja usko ovat pelkkiä sanoja, joilla kaikki saadaan kuntoon. Kun he ovat kerran jotakin kuulleet, heillä yksin on se taito, eikä kukaan muu osaa sitä niin hyvin kuin he. He osaavat tuomita koko maailman ja sitä nuhdella, eikä kukaan ole niin evankelinen kuin he. Mutta tämä kaikki on pelkkää tyhjää kuorta, ja sen näkee siitä, etteivät he aiokaan elää sen mukaan eivätkä osoittaa rakkautta, josta näkisi, että he ovat vakavissaan. Sen he ovat vain kuulleet, että syntien anteeksiantamuksen ja autuuden saa vain uskon kautta, eivätkä teot siihen pysty, Siksi heistä tulee laiskoja eivätkä he halua tehdä mitään. He ovat aina uskovinaan, mutta tulevat entistä pahemmiksi ja elävät niin, että maailmankin täytyy heitä rangaista, puhumattakaan siitä, että he kestäisivät Jumalan edessä* (Katkelma kirjasta *Martti Luther: Tienviittoja*).

Augsburgin uskontunnustuksessa parannus kuvataan seuraavanlaisesti: *...Parannus näet sisältää varsinaisesti seuraavat kaksi asiaa. Toinen on katumus eli synnintunnosta johtuva pelästyminen, joka ahdistaa omaatuntoa. Toinen on usko, joka syntyy evankeliumista eli* *synninpäästöstä ja joka luottaa siihen, että synnit annetaan anteeksi Kristuksen tähden, ja antaa omalletunnolle lohdutuksen ja vapauttaa sen pelosta. Tämän jälkeen tulee seurata hyvien tekojen, jotka ovat parannuksen hedelmiä.* (Augsburgin uskontunustus kohta XII: Parannus, katkelma).

Manasse nöyrtyy vankeudessa

Ahdingossaan Manasse koetti lepyttää Herraa, Jumalaansa, ja nöyrtyi isiensä Jumalan edessä. Kun Manasse rukoili Jumalaa, Jumala myöntyi hänen pyyntöönsä. Hän kuuli Manassen rukouksen ja johdatti hänet takaisin valtaistuimelle. Silloin Manasse ymmärsi, että Herra on Jumala **(2. Aikakirja 33: 12-13)**.

Myös apokryfinen *Manassen rukous* kuvaa kuninkaan harrasta rukousta ja syvää epätoivoa, toisaalta myös luottamusta Jumalan armoon. *Manassen rukouksesta* enemmän toisaalla.

Raamatussa ei kuvata tarkasti Manassen vankeusoloja. Jää siis päätelmien ja arvailujen varaan, minkälaiset olosuhteet olivat. Nenärenkaasta taluttaminen ja julkinen nöyryyttäminen viittaisi siihen, että ne olivat hyvin ankarat. Joka tapauksessa koettelemus synnytti Manassessa halun rukoilla ja Manasse pääsikin takaisin Jerusalemiin. Ilmeisesti Manasse vietti vankeudessa noin vuoden verran.

Manassen kääntymyksen seuraukset

Toinen Aikakirja siis kertoo, miten Juudan hallitsija sai palata Jerusalemiin Baabelin vankeutensa jälkeen. Manasse ryhtyi rakennuspuuhiin ja rakennutti *" hyvin korkean ulomman muurin"* **(2.Aikakirja 33:14)** sekä asetti sotapäälliköitä Juudan varustettuihin kaupunkeihin. Manasse myös poisti Jerusalemin temppelistä sinne asettamansa epäjumalankuvat ja patsaan, jonka hän oli sinne teettänyt sekä heitti ne kaupungin ulkopuolelle. Lisäksi hän kunnosti alttarin ja *" uhrasi siellä yhteysuhreja ja kiitosuhreja ja käski Juudan kansan palvella Herraa, Israelin Jumalaa"* **(2. Aikakirja 33)**.

186

Toisin sanoen Manassen parannuksella oli myös näkyviä seurauksia. Hän tuhosi epäjumalien kuvat ja käski kansansa palvella Herraa, eli Jahvea. Manassen uskonpuhdistuksen vaikutus kansaan oli kuitenkin ainakin osittain vain pinnallista, koska " *Kansa uhrasi yhä kukkulapyhäköissä, kuitenkin vain Herralle, omalle Jumalalleen"* **(2. Aikakirja 33: 17)**. Kaiken lisäksi 2. Kuningasten kirja mainitsee, että Manassen pojanpoika Joosia hävitti alttarit, jotka Manasse oli rakennuttanut Herran temppelin esipihoihin **(2. Kuningastenkirja 23)**. Manassen korjailut ja kehotus palvella Herraa ei siis koskettanut koko kansaa niin, että kansalaiset olisivat ainakaan laajasti kääntyneet kuten heidän kuninkaansa oli tehnyt.

Oliko Manassen parannus aito?

Tämä kysymys voisi helposti tulla mieleen, varsinkin kun Manassen parannus mainitaan ainoastaan 2. Aikakirjassa. Lisäksi Vanha testamentti ja Apokryfikirjat mainitsevat kuninkaita, jotka tekivät parannuksen vain näennäisesti. Toisaalta kuvaus Manassen parannuksesta ja sen seurauksista mainitaan edes Toisessa Aikakirjassa ja Manassen hartaasta rukouksesta

Manassen rukous- apokryfissä. Jos Manassen parannusta ei olisi pidetty aitona, miksi siitä sitten ylipäätään mainittiin edes lyhyesti?

Seuraavaksi sivuan lyhyesti muiden Raamatussa tai apokryfeissä mainittuja ei-kestäviä tai epäaitoja parannuksia. Niitä voi verrata Manassen kääntymykseen.

Ahabin "parannus"

Kuningas Ahab (mahdollisesti 935- 853 eKr.) eli ennen Manassen aikakautta, profeetta Elian aikana. Hän oli pohjoisvaltio Israelin kuningas, josta Raamattu antaa hyvin kielteisen kuvan: hän otti vaimokseen Isebelin, harjoitti epäjumalien palvontaa, vainosi uskovia, ja tapatti kavalasti Naabotin ainoastaan saadakseen tämän viinitarhan. Ahab oli myös pahamaineisen Omrin poika **(1.Kuningasten kirja 16)**. Profeetta Elia julistikin Ahabille: *Minä saatan sinut onnettomuuteen. Minä lakaisen sinut pois ja hävitän Israelista miespuoliset jälkeläisesi..***(1. Kuningasten kirja 21)**.

Ahab pelästyikin Elian kautta tulevia sanoja ja repäisi vaatteensa, kulki pää painuksissa ja niin edelleen. Raamatussa mainitaan, että Jumala kuitenkin huomio tämän: *Silloin Herra sanoi Elialle: Oletko huomannut, miten Ahab on nöyrtynyt minun edessäni?* **(1. Kuningasten kirja 21:29)**. Niinpä Jumala siirsi Ahabin suvun tuhoa. Ahabin kääntymys ei kuitenkaan johtanut mihinkään konkreettisiin toimenpiteisiin, vaan myöhemmin kerrotaan, kuinka Ahab laittoi profeetta Miikan vankeuteen koska tämä yritti varoittaa kuningasta vastoin väärien profeettojen Ahabille antamia ohjeita. Mutta Ahab kuoli sotaretkellä, josta Miika oli häntä varoittanut. Jumalan lähettämän miehen sijaan kuningas Ahab kuunteli väärien profeettojen joukkiota, jotka valheellisesti väittivät hänen selviytyvän sotaretkestä voittajana. Toisin sanoen Ahabin " parannus" ei tuottanut minkäänlaisia näkyviä hedelmiä vaan hän pysyi niskurina.

Antiokos Epifaneen " parannus"

Antiokos IV Epifaneesta (mahdollisesti 215-164 eKr.) kerrotaan

Apokryfisissa Makkabealaiskirjoissa. Makkabealaiskirjoja ei lueta heprealaiseen kaanoniin mutta niitä arvostetaan yleensä historiallisina lähteinä ainakin jossain määrin. Antiokos Epifanes hallitsi Juudeassa vuosina 175-164 eKr. Hän yritti tuoda hellenistisen kulttuurin väkivalloin juutalaisten keskuuteen ja vainosi äärimmäisen julmasti Mooseksen laista kiinnipitäviä. Makkabealaiskirjat kertovat, että hän esimerkiksi poltti elävältä hurskaita ja hirtti äitejä, jotka olivat ympärileikanneet poikalapsensa.

Antiokos kuitenkin sairastui. 2. Makkabealaiskirja kuvailee tapahtumia seuraavasti: *Vielä äsken tuo mies oli pöyhkeydessään ja suuruudenhulluudessaan kuvitellut, että voisi käskeä meren aaltoja ja punnita vaa"alla korkeat vuoret. Nyt hän makasi maassa, ja hänet oli nostettava kantotuoliin. Näin kaikki saivat nähdä Jumalan voiman. Tuon jumalattoman ruumista tunki matoja, ja hän mätäni elävältä ankarissa kivuissa ja tuskissa* (**2. Makkabealaiskirja 9**).

Hädissään Antiokos kirjoitti vainoamilleen juutalaisille kirjeen, jossa hän kehui heitä ja lupasi koristaa ryöstämänsä Jumalan temppelin ja kääntyä itse juutalaiseksi ja julistaa Jumalan voimaa kaikkialla. Lupaavasta alusta huolimatta kirje kuitenkin päättyy: *Pyydän nyt hartaasti, että pitäisitte mielessänne kaiken sen hyvän, mitä olen teille yleisesti ja yksityisesti tehnyt, ja suhtautuisitte poikaani yhtä ystävällisesti kuin olette minuun suhtautuneet...*

Antiokos IV Epifaneesta Makkabealaiskirja ei kuitenkaan anna hyvää todistusta hänen niin sanotusta kääntymyksestään huolimatta: *Sellainen oli tuon murhamiehen ja jumalattoman rienaajan loppu: hän joutui kärsimään yhtä kauheita tuskia kuin oli toisille tuottanut ja koki surkean kuoleman vieraan maan vuorilla* **(2. Makkabealaiskirja 9)**. Näyttääkin siltä, ettei Antiokus tehnyt todellista parannusta vaan yritti mielistelyllään ja teoillaan vedota Jumalaan ja juutalaisiin. Silti hän kuvitteli ilmeisesti edelleen olleensa hyvä hallitsija. Todellinen katumus puuttui. Manassen synnit olivat samaa luokkaa ja ehkä suuremmatkin, mutta silti hänen kääntymyksensä on otettu todesta ainakin 2. Aikakirjassa ja *Manassen rukouksen* tallentajien keskuudessa. Ahabin tai Antiokus IV Epifaneen kääntymyksiä ei ole samoin huomioitu, eli niitä ei ole pidetty aitoina edes suppeammissa piireissä.

VI Manassen jälkeen

Kuninkaan kuolema

Manasse oli kuollessaan 66 tai 67- vuotias. Raamatussa ei mainita kuolinsyytä, mutta ilmeisesti häntä ei murhattu; murha olisi todennäköisesti erikseen mainittu kuten hänen poikansa Amonin tapauksessa **(2. Aikakirja)**. Sen sijaan kerrotaan, että *Manasse meni lepoon isiensä luo, ja hänet haudattiin palatsinsa lähelle* **(2. Aikakirja 33: 20. Vuoden 1992 käännös)**. Vuoden 1933 käännöksessä asia puolestaan esitetään että Manasse haudattiin *linnaansa*. Vuoden 1776 käännös puolestaan, että *huoneeseensa* ja 2. Kuningasten kirjassa puhutaan *puutarhasta* tai *kuninkaanpalatsin viereen Ussan puutarhaan* (2. Kuningasten kirja 21: 18). Manassea ei siis haudattu kuninkaallisiin hautoihin kuten esimerkiksi isänsä Hiskia ja Daavid. Onko pääteltävä, että Manasse haudattiin kuten spitaalinen Ussia **(2. Aikakirja 26: 23; 32:33)** "virallisten" kuninkaanhautojen ulkopuolelle, mahdollisesti Ussian lähettyville? Manassen kääntymys ja näkyvätkään uudistukset eivät tehneet hänestä kelvollista Daavidin ja Hiskian kaltaisten kuninkaiden joukkoon edes vainajana. Vanhassa testamentissa ei myöskään mainita erikseen, että Manassen poismenoa olisi erityisesti surtu.

Juudan perikato

Manassen kuoleman jälkeen hänen poikansa Amon jatkoi kuitenkin isänsä nuoruuden pahoja tekoja. Hänestä mainitaan, *ettei hän nöyrtynyt Herran edessä kuin isänsä Manasse* **(2. Aikakirja 33: 21-25)**. Amonin vain kaksi vuotta kestäneen valtakauden jälkeen näytti kuitenkin hetken aikaa valoisalta, kun Joosia nousi valtaistuimelle kahdeksanvuotiaana **(2. Aikakirja 33-34)**. Joosia ikään kuin jatkoi Hiskian ja Manassen aloittamaan uskonpuhdistusta; hän esimerkiksi hajotutti epäjumalien alttarit ja aloitti Jerusalemin temppelin korjaustyöt. Joosia löysi kadoksissa olleen Mooseksen lain kirjan ja järkyttyi syvästi valtakuntansa rappiotilasta, koska ymmärsi, ettei Jumalan lakia oltu kunnolla edes yritetty noudattaa. Joosia etsi naisprofeetta Huldan, jolta kysyttiin neuvoa. Huldan kautta annettu vastaus oli ankara: Juuda tulisi saamaan rangaistuksen, mutta Joosia joka oli surrut kansan rappiotilaa, otettaisiin sitä ennen pois, ettei tämän tarvitsisi nähdä rangaistuksen toimeenpanoa **(2. Aikakirja 34)**.

Myös profeetta Jeremia yritti varoittaa kansaa, mutta kansa ei sydämessään kääntynyt ja jopa lasten uhraaminen jatkui vuosikymmeniä Manassen ajan jälkeen. Lopulta Babylonian kuningas Nebukadnessar II (kuoli mahdollisesti 562 eKr.) valloitti Jerusalemin ja lopulta myös Jumalan temppeli tuhottiin. Tämän tapahtuman seurauksena myös Liitonarkki hävisi tai tuhoutui. Jeremian kirjassa kerrotaan Juudan kansan kärsimyksistä, kuten kuolemista, nälänhädästä ym. mitä kansa joutui kokemaan. Juudan viimeistä kuningas Sidkiaa kidutettiin ja hänet laitettiin vankeuteen. Suuri osa kansasta vietiin pakkosiirtolaisuuteen Babylonian valtakuntaan **(Jeremiankirja, Danielin kirja)**.Vuosikymmeniä myöhemmin osa kansasta pääsi palaamaan takaisin ja temppeli rakennettiin uudelleen.

Myöhempi suhtautuminen Manasseen

Luther halusi *Manassen rukouksen* sisältyvän apokryfikirjojen kokoelmaan. Hänen mielestään se sopi erinomaisesti rippiin valmistautuvalle. Luther piti siis ilmeisesti Manassen kääntymystä aitona ja historiallisena tapahtumana. Silti *Manassen rukouksella* on kanoninen asema ainoastaan ortodoksisessa kirkossa, mutta roomalaiskatolisen kirkon *Vulgata-* laitoksiin *Manassen rukous* on kelpuutettu liiteosaan.

Joka tapauksessa Manassesta on ainakin armoa suureen ääneen toitottavassa luterilaisessa kirkossa haluttu pitkälti vaieta, Lutheria lukuun ottamatta.

Vanhassa testamentissa Manassen edesottamuksia kuvataan kahdelta kannalta: 2. Kuninkaiden kirjassa kuvataan ainoastaan hänen pahoja tekojaan, mutta 2. Aikakirjassa puolestaan myös kääntymystä. Yksi mahdollisuus erilaisiin lähestymistapoihin voi olla se, että 2. Kuningastan kirjassa kuvataan Juudan kansan ja kuninkaiden syntejä ja perikatoa, mutta 2. Aikakirja päättyy Kyyroksen lupaukseen juutalaisten paaluusta kotimaahansa **(2. Kuningasten kirja 24; 2. Aikakirja 36)**. Toisin sanoen 2.

Kuningasten kirja maalailee syntien syvyyttä ja niiden seurauksia, mutta 2. Aikakirja raottaa jo valoisampaa tulevaisuutta valitulle kansalle. Niinpä jälkimmäiseen on haluttu tuoda kuvaus myös Manassen parannuksesta, jota edellisessä ikään kuin "pimitetetään".

Myös Vanhan testamentin apokryfisessä *Sirakin kirjassa* Manassen parannus jätetään mainitsematta ja hänet suorastaan sivuutetaan: *Kaikki muut paitsi Daavid, Hiskia ja Josia tekivät syntiä synnin perään, koska he hylkäsivät Korkeimman lain. Näin tuli loppu Juudan kuninkaista. He luovuttivat mahtinsa toisille, kunniansa vieraalle kansalle, joka sytytti tuleen pyhän temppelin ja valitun kaupungin ja autioitti sinne johtavat tiet.* *

*Sirakin kirja kreikkalaisen käännöksen mukaan. Luku 49: 4-6. Kirkolliskokouksen vuoden 2007 käännöksen mukaan.

Manassen rukous

Manassen, Juudan kuninkaan rukous

(Biblia 1776 käännöksen mukaan)

1.Herra kaikkivaltias, meidän Isäimme Abrahamin, Isaakin ja Jakobin, ja heidän vanhurskaan siemenensä Jumala! 2. Joka taivaan ja maan ja kaikki, mitä niissä on, tehnyt olet, 3. Ja olet meren kiinnittänyt sinun käskylläs, ja syvyyden peittänyt ja kiinnittänyt sinun peljättävän ja kuuluisan nimen kunniaksi: 4. Että jokainen hämmästyi sinun edessäs ja pelkäis sinun suurta voimaas. 5. Sillä sinun vihas on sangen raskas, jolla sinä uhkaat syntisiä. 6. Mutta se laupius, jonka sinä lupaat, on määrätöin ja tutkimatoin. 7. Sillä sinä, Herra, kaikkein Korkein koko maan piirin päällä, olet kärsivällinen ja sangen armollinen, ja et mielelläs ihmisiä rankaise, ja olet sinun hyvyydessäs luvannut katumuksen syntein anteeksi saamiseksi. 8. Mutta sinä olet vanhurskasten Jumala, niin et sinä ole pannut katumusta vanhurskaalle Abrahamille, Isaakille ja Jakobille, jotka ei sinua vastaan *syntiä tehneet. 9. Mutta minä olen syntiä tehnyt, ja minun syntiäni on enempi kuin santaa meressä, ja olen kämärtynyt raskaissa rautakahleissa, eikä ole minulla yhtään lepoa; 10. Sillä minä olen kehoittanut sinun vihaan ja suuren kauhistuksen sinun edessäs tehnyt, että minä senkaltaisen kauhistuksen ja niin paljon pahennusta olen matkaan saattanut. 11. Sen tähden notkistan minä nyt minun sydämeni polvet ja rukoilen sinulta, Herra, armoa. Oi Herra, minä olen syntiä tehnyt , ja minä tunnustan minun pahat tekoni. 12. Minä rukoilen ja parun: anna minulle anteeksi ; oi Herra, anteeksi anna minulle ; älä anna minun synnissäni hukkua, älä anna rangaistusta ijankaikkisesti minun päälläni olla; 13. Vaan auta minua epäkelvotointa sinun suuren laupiutes tähden; 14. Niin minä sinua kiitän. Sillä sinua kiittää kaiken taivaan sotajoukko, ja sinua pitää ylistettämän ilman lakkaamatta ijankaikkisesti, amen!*

Käännöksistä johtuvien eroavaisuuksien tähden olen laittanut tähän myös uudemman käännösversion.

Manassen rukous

(Suomen evankelisluterilaisen kirkon kirkolliskokouksen vuonna 2007 hyväksymä käännös)

1.Herra, Kaikkivaltias, meidän isiemme Abrahamin, Iisakin ja Jaakobin ja heidän vanhurskaiden jälkeläistensä Jumala! 2. Sinä olet luonut taivaan ja maan, niiden kaiken kauneuden ja järjestyksen. 3. Sinä kahlitsit meren sanallasi, sinä suljit syvyyden ja sinetöit sen pelottavalla, kunnioitettavalla sanallasi. 4. Sinun mahtisi edessä jokainen vapisee ja säikkyy, 5. sillä sinun voimaasi ja kirkkauttasi ei voi kukaan vastustaa. Vihaasi, jolla uhkaat syntisiä, ei kukaan kestä. 6. Mutta mittaamaton, käsittämättömän suuri on myös armo, jonka olet luvannut. 7. Sinä olet Herra, sinä olet Korkein, lempeä, pitkämielinen ja täynnä armoa. Sinä voit muuttaa mielesi, peruuttaa määräämäsi rangaistuksen.

(Herra, sinä olet hyvä ja lempeä. Niille, jotka tekevät syntiä sinua vastaan, olet luvannut, että he voivat kääntyä ja saada sinulta anteeksiannon. Suuri on armosi. Sinä olet päättänyt, että syntinen voi kääntyä ja pelastua). *

8. Herra, vanhurskaiden Jumala! Et sinä vanhurskailta vaatinut kääntymystä- eiväthän Abraham, Iisak ja Jaakob tehneet syntiä sinua vastaan. Minulle, syntiselle, sinä annoit mahdollisuuden kääntyä, 9. sillä syntejä, joihin olen syyllistynyt, on enemmän kuin meressä hiekanjyviä. Herra, usein olen rikkonut, hyvin usein, niin paljon olen tehnyt vääriä tekoja, etten ole arvollinen nostamaan silmiäni ja katsomaan taivaan korkeuteen. 10. Raskaat rautakahleet painavat minut kumaraan, syntieni tähden virun hylättynä enkä saa lievitystä, koska sytytin sinun vihasi. Tein sitä, mikä on väärää sinun silmissäsi: pystytin vieraiden jumalien kuvia ja annoin niille iljetyksille yhä enemmän sijaa. 11. Nyt painun sydämessäni polvilleni ja rukoilen, että osoitat laupeutesi. 12. Olen tehnyt syntiä, Herra, olen tehnyt syntiä ja tiedän rikkoneeni lain. 13. Minä rukoilen sinua, minä pyydän: anna anteeksi, Herra, anna anteeksi! Älä anna minun tuhoutua rikkomuksiini, älä iäti vihaa, älä pidä muistissa pahuuttani äläkä tuomitse

minua maan syvyyksiin- sinä, Herra, olet katuvien Jumala!

14. Osoitat hyvyytesi siinä mitä minulle teet: suuressa armossasi pelastat minut, vaikka en sitä ansaitse. 15. Niin kauan kuin elän, kiitän sinua. Sinun ylistystäsi laulavat kaikki taivaan joukot, sinun on kunnia ikuisesti. Aamen.

* Suluissa olevat sanat eivät sisälly kaikkiin käsikirjoituksiin.

Käytettyä lähdeaineistoa

Koska kyseessä ei ole tieteellinen julkaisu, en ole laittanut lähdeviitteitä pakonomaisesti jokaisen lauseen perään. Olen kuitenkin käyttänyt kirjoituksen apuna sekä kirjallisia että verkkolähteitä. Tässä listaa niistä. Olen myös lainannut Tuomas Leväsen suomentamia tekstejä, erityisesti pseudagrafisia *Jesajan kuolema* ja *Jesajan taivaaseen astuminen*, joita hän omalla verkkosivullaan antaa käyttää vapaasti (omantunnon mukaan). Joissain raamatunkäännöksissä ja esim. *Manassen rukouksessa* olen lainannut tekstiä *Finbible-* verkkosivulta sekä tarkastanut käännöksen muista julkaisuista.

Raamattu (**vuoden 1776, 1933, 1992 käännös**)

Manassen rukous (**VT Apokryfikirjat**)

I ja II *Makkabealaiskirja* (**VT Apokryfikirjat)**

Kreikkalainen Esran kirja (**VT Apokryfikirjat)**

Sirakin kirja (**VT Apokryfikirjat)**

Vanhan testamentin apokryfikirjat. Kotimaa- Yhtiöt Oy/ Kirjapaja. Helsinki 2009.

Augsburgin uskontunnustus (**kohta XII parannus)**

Augsburgin uskontunnustuksen puolustus (**kohta XII parannus)**

Luentoja ensimmäisestä Johanneksen kirjeestä; Martti Luther. Kustannus Oy Arkki. Helsinki 2009.

Pyhän Paavalin Galatalaiskirjeen selitys; Martti Luther; A. E Koskenniemi . Suomen Lutherilainen Evankeliumiyhdistys 1957.

Tienviittoja; Martti Luther . Perussanoma Oy 2009.

Ensimmäisen Mooseksen kirjan kommentaari; Martti Luther; A. E. Koskenniemi. Suomen Luther-säätiö 2004.

Iivana Julma ; Isabel de Madariaca. Gummerus Kustannus Oy. Jyväskylä 2007.

Iso Raamatun Tietosanakirja 1-3, Aapeli Saarisalo (toim.). Savoin Sanomain Kirjapaino Oy 1975.

Raamatun hakusanakirja. I Vanha Testamentti; Vilho Vuorela (toim.). Werner Södeström Osakeyhtiö. Helsinki 1950.

Ihmeelliset saattomiehet; Veikko Pentikäinen. Suomen Rauhanyhdistysten Keskusyhdistys ry. Gummerus Oy kirjapaino. Jyväskylä 1988.

Kevyempiä lähteitä:

Kansojen värikkäät vaiheet. Muinaiset valtakunnat. Kivikaudesta vuoteen 970 eKr. Oy Valitut Palat- Readers"s Digest AB. Helsinki 1998.

Kansojen värikkäät vaiheet. Antiikin kansoja ja valtioita. Vuodesta 970 eKr. vuoteen 277 eKr. Oy Valitut Palat- Reader"s Digest AB. Helsinki 1998.

Internet- lähteitä:

Pävämies; Siionin lähetyslehti; Hiskian sairaus ja paraneminen ; Pentti Saulio (https://www.paivamies.fi)

Manassen perintö: Mistä meidät muistetaan (https://veliloponen.com)

*Jesajan kuolema (**apokryfikirjat.com**)*

*Jesajan taivaaseen astuminen (**apokryfikirjat.com**)*

Finbible **(finbible.fi)**

(bible.com)

KingJamesBible Dictionary https://kingjamesbibledictionary.com)

Aahas (https://wikipedia.org)

Manasse (https://fi.wikipedia.org)

Meshullemeth (https://m.wikidata.org)

Hephzibah (https://www.aboutbibleprophecy.com)

Aamon (https://en.wikipedia.org; **https: //biblehub.com)**

Baal:*Baal.Definition,Myths,Worship&Facts*(https://www.britannica.com)

Ben- Hinnomin laakso: *5 things to know about the Valley of Hinnom* (https://cityofdavid.org.il)

Ben- Hinnomin laakso: *Valley of Hinnom* (https://beinharimtours.com)

Ben- Hinnomin laakso: *Hinnom Valley Tour: Fields of Blood, Annas & Caiaphas Tomb, Hell, Molec* **(** https://www.holylandsite.com**)**

Ben-Hinominlaakso:*JerusalemsHinnom*

*Valley***(https://www.thattheworldmayknow.com)**

Ben-Hinnominlaakso:*HinnomValley*

(https://www.generationword.com**)**

Ben- Hinnomin laakso: *Valley of Hinnom- Tracing the Road to Gehenna* **(** https://www.afterlife.com**)**

Molok: *What Does the Bible Say about Molech?* **(** https://www.biblestudytools.com**)**

Molok: *Ancient Jewish History: The Cult of Moloch* **(** https://www.jewishvirtuallibrary.com**)**

Molok: *Was Moloch reallyBa"al, the Ancient God Who Demanted Child Sacrife?* **(** https://www.ancient-origins.net**)**

© 2025 Jeremias Houni

Kustantaja: BoD · Books on Demand, Mannerheimintie 12 B,
00100 Helsinki, bod@bod.fi
Kirjapaino: Libri Plureos GmbH, Friedensallee 273,
22763 Hampuri, Saksa
ISBN: 978-952-80-9575-0